MANESSE BÜCHEREI

21

Johann Wolfgang Goethe

Briefe aus der Schweiz

Mit fünf Zeichnungen
von J. W. Goethe

Manesse Verlag
Zürich

Erste Abteilung

Als vor mehreren Jahren uns nachstehende Briefe abschriftlich mitgeteilt wurden, behauptete man, sie unter Werthers Papieren gefunden zu haben, und wollte wissen, daß er vor seiner Bekanntschaft mit Lotten in der Schweiz gewesen. Die Originale haben wir niemals gesehen, und mögen übrigens dem Gefühl und Urteil des Lesers auf keine Weise vorgreifen: denn, wie dem auch sei, so wird man die wenigen Blätter nicht ohne Teilnahme durchlaufen können.

Wie ekeln mich meine Beschreibungen an, wenn ich sie wieder lese! Nur dein Rat, dein Geheiß, dein Befehl können mich dazu vermögen. Ich las auch so viele Beschreibungen dieser Gegenstände, ehe ich sie sah. Gaben sie mir denn ein Bild, oder nur irgendeinen Begriff? Vergebens arbeitete meine Einbildungskraft, sie hervorzubringen, vergebens mein Geist, etwas dabei zu denken. Nun steh' ich und schaue diese Wunder, und wie wird mir dabei? Ich denke nichts, ich empfinde nichts und möchte so gern etwas dabei denken und empfinden. Diese herrliche Gegenwart regt mein Innerstes auf, fordert mich zur Tätigkeit auf, und was kann ich tun, was tue ich! Da setz' ich mich hin und schreibe und beschreibe. So geht denn hin, ihr Beschreibungen! Betrügt meinen Freund, macht ihn glauben, daß ich etwas tue, daß er etwas sieht und liest. –

Frei wären die Schweizer? Frei, diese wohlhabenden Bürger in den verschlossenen Städten? Frei, diese armen Teufel an ihren Klippen und Felsen? Was man dem Menschen nicht alles weismachen kann! Besonders wenn man so ein altes Märchen in Spiritus aufbewahrt. Sie machten sich einmal von einem Tyrannen los und konnten sich in einem Augenblick frei denken; nun erschuf ihnen die liebe Sonne aus dem Aas des Unterdrückers einen Schwarm von kleinen Tyrannen durch eine sonderbare Wiedergeburt; nun erzählen sie das alte Märchen immerfort, man hört bis zum Überdruß: sie hätten sich einmal frei gemacht und wären frei geblieben; und nun sitzen sie hinter ihren Mauern, eingefangen von ihren Gewohnheiten und Gesetzen, ihren Fraubasereien und Philistereien, und da draußen auf den Felsen ist's auch wohl der Mühe wert, von Freiheit zu reden, wenn man das halbe Jahr vom Schnee wie ein Murmeltier gefangengehalten wird.

Pfui, wie sieht so ein Menschenwerk und so ein schlechtes notgedrungenes Menschenwerk, so ein schwarzes Städtchen, so ein Schindel- und Steinhaufen, mitten in der großen, herrlichen Natur aus! Große Kiesel- und andere Steine auf den Dächern, daß ja der Sturm ihnen die traurige Decke nicht vom Kopfe wegführe, und den Schmutz, den Mist! Und staunende Wahnsinnige! – Wo man den Menschen nur wieder begegnet, möchte man von ihnen und ihren kümmerlichen Werken gleich davon fliehen.

Daß in den Menschen so viele geistige Anlagen sind, die sie im Leben nicht entwickeln können, die auf eine bessere Zukunft, auf ein harmonisches Dasein deuten, darin sind wir einig, mein Freund, und meine andere Grille kann ich auch nicht aufgeben, ob du mich gleich schon oft für einen Schwärmer erklärt hast. Wir fühlen auch die Ahnung körperlicher Anlagen, auf deren Entwicklung wir in diesem Leben Verzicht tun müssen: So ist es ganz gewiß mit dem Fliegen. So wie mich sonst die Wolken schon reizten, mit ihnen fort in fremde Länder zu ziehen, wenn sie hoch über meinem Haupte wegzogen, so steh' ich jetzt oft in Gefahr, daß sie mich von einer Felsenspitze mitnehmen, wenn sie an mir vorbeiziehen. Welche Begierde fühl' ich, mich in den unendlichen Luftraum zu stürzen, über den schauerlichen Abgründen zu schweben und mich auf einen unzugänglichen Felsen niederzulassen. Mit welchem Verlangen hol' ich tiefer und tiefer Atem, wenn der Adler in dunkler blauer Tiefe, unter mir, über Felsen und Wäldern schwebt, und in Gesellschaft eines Weibchens um den Gipfel, dem er seinen Horst und seine Jungen anvertrauet hat, große Kreise in sanfter Eintracht zieht. Soll ich denn nur immer die Höhe erkriechen, am höchsten Felsen wie am niedrigsten Boden kleben, und wenn ich mühselig mein Ziel erreicht habe, mich ängstlich anklammern, vor der Rückkehr schaudern und vor dem Falle zittern?

Mit welchen sonderbaren Eigenheiten sind wir doch geboren! Welches unbestimmte Streben wirkt in uns! Wie seltsam wirken Einbildungskraft und körperliche Stimmungen gegeneinander! Sonderbarkeiten meiner frühen Jugend kommen wieder hervor. Wenn ich einen langen Weg vor mich hin gehe und der Arm an meiner Seite schlenkert, greif' ich manchmal zu, als wenn ich einen Wurfspieß fassen wollte, ich schleudre ihn, ich weiß nicht auf wen, ich weiß nicht auf was; dann kommt ein Pfeil gegen mich angeflogen und durchbohrt mir das

Herz; ich schlage mit der Hand auf die Brust und fühle eine unaussprechliche Süßigkeit, und kurz darauf bin ich wieder in meinem natürlichen Zustande. Woher kommt mir die Erscheinung? Was soll sie heißen, und warum wiederholt sie sich immer ganz mit denselben Bildern, derselben körperlichen Bewegung, derselben Empfindung?

Man sagt mir wieder, daß die Menschen, die mich unterwegs gesehen haben, sehr wenig mit mir zufrieden sind. Ich will es gern glauben, denn auch niemand von ihnen hat zu meiner Zufriedenheit beigetragen. Was weiß ich, wie es zugeht! Daß die Gesellschaften mich drücken, daß die Höflichkeit mir unbequem ist, daß das, was sie mir sagen, mich nicht interessiert, daß das, was sie mir zeigen, mir entweder gleichgültig ist, oder mich ganz anders aufregt. Seh' ich eine gezeichnete, eine gemalte Landschaft, so entsteht eine Unruhe in mir, die unaussprechlich ist. Die Fußzehen in meinen Schuhen fangen an zu zucken, als ob sie den Boden ergreifen wollten, die Finger der Hände bewegen sich krampfhaft, ich beiße in die Lippen, und es mag schicklich oder unschicklich sein, ich suche der Gesellschaft zu entfliehen, ich werfe mich der herrlichen Natur gegenüber auf einen unbequemen Sitz, ich suche sie mit meinen Augen zu ergreifen, zu durchbohren, und kritzle in ihrer Gegenwart ein Blättchen voll, das nichts darstellt und doch mir so unendlich wert bleibt, weil es mich an einen glücklichen Augenblick erinnert, dessen Seligkeit mir diese

Via Mala

stümperhafte Übung ertragen hat. Was ist denn das, dieses sonderbare Streben von der Kunst zur Natur, von der Natur zur Kunst zurück? Deutet es auf einen Künstler, warum fehlt mir die Stetigkeit? Ruft mich's zum Genuß, warum kann ich ihn nicht ergreifen? Man schickte uns neulich einen Korb mit Obst, ich war entzückt wie von einem himmlischen Anblick; dieser Reichtum, diese Fülle, diese Mannigfaltigkeit und Verwandtschaft! Ich konnte mich nicht überwinden, eine Beere abzupflücken, einen Pfirsich, eine Feige aufzubrechen. Gewiß, dieser Genuß des Auges und des innern Sinnes ist höher, des Menschen würdiger, er ist vielleicht der Zweck der Natur, wenn die hungrigen und durstigen Menschen glauben, für ihren Gaum habe sich die Natur in Wundern erschöpft. Ferdinand kam und fand mich in meinen Betrachtungen, er gab mir recht und sagte dann lächelnd mit einem tiefen Seufzer: Ja, wir sind nicht wert, diese herrlichen Naturprodukte zu zerstören, wahrlich, es wäre schade! Erlaube mir, daß ich sie meiner Geliebten schicke. Wie gern sah ich den Korb wegtragen! Wie liebte ich Ferdinanden! Wie dankte ich ihm für das Gefühl, das er in mir erregte, über die Aussicht, die er mir gab. Ja, wir sollen das Schöne kennen, wir sollen es mit Entzücken betrachten und uns zu ihm, zu seiner Natur zu erheben suchen; und um das zu vermögen, sollen wir uns uneigennützig erhalten, wir sollen es uns nicht zueignen, wir sollen es lieber mitteilen, es denen aufopfern, die uns lieb und wert sind.

Was bildet man nicht immer an unserer Jugend! Da sollen wir bald diese, bald jene Unart ablegen, und doch sind die Unarten meist ebensoviele Organe, die dem Menschen durch das Leben helfen. Was ist man nicht hinter dem Knaben her, dem man einen Funken Eitelkeit abmerkt! Was ist der Mensch für eine elende Kreatur, wenn er alle Eitelkeit abgelegt hat! Wie ich zu dieser Reflexion gekommen bin, will ich dir sagen: Vorgestern gesellte sich ein junger Mensch zu uns, der mir und Ferdinanden äußerst zuwider war. Seine schwachen Seiten waren so herausgekehrt, seine Leerheit so deutlich, seine Sorgfalt fürs Äußere so auffallend, wir hielten ihn so weit unter uns, und überall war er besser aufgenommen als wir. Unter andern Torheiten trug er eine Unterweste von rotem Atlas, die am Halse so zugeschnitten war, daß sie wie ein Ordensband aussah. Wir konnten unsern Spott über diese Albernheit nicht verbergen; er ließ alles über sich ergehen, zog den besten Vorteil hervor und lachte uns wahrscheinlich heimlich aus. Denn Wirt und Wirtin, Kutscher, Knecht und Mägde, sogar einige Passagiere, ließen sich durch diese Scheinzierde betrügen, begegneten ihm höflicher als uns, er ward zuerst bedient, und zu unserer größten Demütigung sahen wir, daß die hübschen Mädchen im Haus besonders nach ihm schielten. Zuletzt mußten wir die durch sein vornehmes Wesen teuer gewordne Zeche zu gleichen Teilen tragen. Wer war nun der Narr im Spiel? Er wahrhaftig nicht!

Es ist was Schönes und Erbauliches um die Sinnbilder und Sittensprüche, die man hier auf den Öfen antrifft. Hier hast du die Zeichnung von einem solchen Lehrbild, das mich besonders ansprach. Ein Pferd mit dem Hinterfuße an einen Pfahl gebunden grast umher, so weit es ihm der Strick zuläßt, unten steht geschrieben: Laß mich mein bescheiden Teil Speise dahin nehmen. So wird es ja wohl auch bald mit mir werden, wenn ich nach Hause komme und nach eurem Willen, wie das Pferd in der Mühle, meine Pflicht tue und dafür, wie das Pferd hier am Ofen, einen wohl abgemessenen Unterhalt empfange. Ja, ich komme zurück, und was mich erwartet war wohl der Mühe wert, diese Berghöhen zu erklettern, diese Täler zu durchirren und diesen blauen Himmel zu sehen, zu sehen, daß es eine Natur gibt, die durch eine ewige stumme Notwendigkeit besteht, die unbedürftig, gefühllos und göttlich ist, indes wir in Flecken und Städten unser kümmerliches Bedürfnis zu sichern haben, und nebenher alles einer verworrenen Willkür unterwerfen, die wir Freiheit nennen.

Ja, ich habe die Furka, den Gotthard bestiegen! Diese erhabenen, unvergleichlichen Naturszenen werden immer vor meinem Geiste stehen; ja, ich habe die römische Geschichte gelesen, um bei der Vergleichung recht lebhaft zu fühlen, was für ein armseliger Schlucker ich bin.

Es ist mir nie so deutlich geworden wie die letzten Tage, daß ich in der Beschränkung glücklich sein könnte, so gut glücklich sein könnte wie jeder andere, wenn ich nur ein Geschäft wüßte, ein rühriges, das aber keine Folge auf den Morgen hätte, das Fleiß und Bestimmtheit im Augenblick erforderte, ohne Vorsicht und Rücksicht zu verlangen. Jeder Handwerker scheint mir der glücklichste Mensch; was er zu tun hat, ist ausgesprochen; was er leisten kann, ist entschieden; er besinnt sich nicht bei dem, was man von ihm fordert, er arbeitet, ohne zu denken, ohne Anstrengung und Hast, aber mit Applikation und Liebe, wie der Vogel sein Nest, wie die Biene ihre Zellen herstellt; er ist nur eine Stufe über dem Tier und ist ein ganzer Mensch. Wie beneid' ich den Töpfer an seiner Scheibe, den Tischer hinter seiner Hobelbank.

Der Ackerbau gefällt mir nicht, diese erste und notwendige Beschäftigung der Menschen ist mir zuwider; man äfft die Natur nach, die ihre Samen überall ausstreut, und will nun auf diesem besondern Feld diese besondre Frucht hervorbringen. Das geht nun nicht so; das Unkraut wächst mächtig, Kälte und Nässe schadet der Saat, und Hagelwetter zerstört sie. Der arme Landmann harrt das ganze Jahr, wie etwa die Karten über den Wolken fallen mögen, ob er sein Paroli gewinnt oder verliert. Ein solcher ungewisser zweideutiger Zustand mag den Menschen wohl angemessen sein, in unserer Dumpfheit, da wir nicht wissen woher wir kommen noch wohin wir gehen. Mag es denn auch erträglich sein, seine Bemühungen dem Zufall zu übergeben, hat doch der Pfarrer Gelegenheit, wenn es recht schlecht aussieht, seiner Götter zu gedenken und die Sünden seiner Gemeinde mit Naturbegebenheiten zusammenzuhängen.

So habe ich denn Ferdinanden nichts vorzuwerfen! Auch mich hat ein liebes Abenteuer erwartet. Abenteuer? Warum brauche ich das alberne Wort, es ist nichts Abenteuerliches in einem sanften Zuge, der Menschen zu Menschen hinzieht. Unser bürgerliches Leben, unsere falschen Verhältnisse, das sind die Abenteuer, das sind die Ungeheuer, und sie kommen uns doch so bekannt, so verwandt wie Onkel und Tanten vor!
Wir waren bei dem Herrn Tudon eingeführt, und wir fanden uns in der Familie sehr glücklich, reiche, offne, gute, lebhafte Menschen, die das Glück des Tages, ihres Vermögens, der herrlichen Lage, mit ihren Kindern sorglos und anständig genießen. Wir jungen Leute waren nicht genötigt, wie es in so vielen steifen Häusern geschieht, uns um der Alten willen am Spieltisch aufzuopfern. Die Alten gesellten sich vielmehr zu uns, Vater, Mutter und Tante, wenn wir kleine Spiele aufbrachten, in denen Zufall, Geist und Witz durcheinander wirken. Eleonore, denn ich muß sie nun doch einmal nennen, die zweite Tochter, ewig wird mir ihr Bild gegenwärtig sein, – eine schlanke, zarte Gestalt, eine reine Bildung, ein heiteres Auge, eine blasse Farbe, die bei Mädchen

dieses Alters eher reizend als abschreckend ist, weil sie auf eine heilbare Krankheit deutet, im ganzen eine unglaublich angenehme Gegenwart. Sie schien fröhlich und lebhaft, und man war so gern mit ihr. Bald, ja ich darf sagen gleich, gleich den ersten Abend gesellte sie sich zu mir, setzte sich neben mich, und wenn uns das Spiel trennte, wußte sie mich doch wieder zu finden. Ich war froh und heiter; die Reise, das schöne Wetter, die Gegend, alles hatte mich zu einer unbedingten, ja ich möchte fast sagen, zu einer aufgespannten Fröhlichkeit gestimmt; ich nahm sie von jedem auf und teilte sie jedem mit, sogar Ferdinand schien einen Augenblick seiner Schönen zu vergessen. Wir hatten uns in abwechselnden Spielen erschöpft, als wir endlich aufs Heiraten fielen, das als Spiel lustig genug ist. Die Namen von Männern und Frauen werden in zwei Hüte geworfen und so die Ehen gegeneinander gezogen. Auf jede, die herauskommt, macht eine Person in der Gesellschaft, an der die Reihe ist, das Gedicht. Alle Personen in der Gesellschaft, Vater, Mutter und Tanten mußten in die Hüte, alle bedeutenden Personen, die wir aus ihrem Kreise kannten, und um die Zahl der Kandidaten zu vermehren, warfen wir noch die bekanntesten Personen der politischen und literarischen Welt mit hinein. Wir fingen an und es wurden gleich einige bedeutende Paare gezogen. Nicht jedermann konnte mit den Versen sogleich nach; sie, Ferdinand und ich, und eine von den Tanten, die sehr artige französische Verse macht, wir teilten uns bald in das Sekretariat. Die

Einfälle waren meist gut und die Verse leidlich; besonders hatten die ihrigen ein Naturell, das sich vor allen andern auszeichnete, eine glückliche Wendung, ohne eben geistreich zu sein, Scherz ohne Spott, und einen guten Willen gegen jedermann. Der Vater lachte herzlich und glänzte vor Freuden, als man die Verse seiner Tochter neben den unsern für die besten anerkennen mußte. Unser unmäßiger Beifall freute ihn hoch, wir lobten wie man das Unerwartete preist, wie man preist, wenn uns der Autor bestochen hat. Endlich kam auch mein Los und der Himmel hatte mich ehrenvoll bedacht; es war niemand weniger als die russische Kaiserin, die man mir zur Gefährtin meines Lebens herausgezogen hatte. Man lachte herzlich und Eleonore behauptete, auf ein so hohes Beilager müßte sich die ganze Gesellschaft angreifen. Alle griffen sich an, einige Federn waren zerkaut, sie war zuerst fertig, wollte aber zuletzt lesen, die Mutter und die eine Tante brachten gar nichts zustande, und obgleich der Vater ein wenig geradezu, Ferdinand schalkhaft und die Tante zurückhaltend gewesen war, so konnte man doch durch alles ihre Freundschaft und gute Meinung sehen. Endlich kam es an sie, sie holte tief Atem, ihre Heiterkeit und Freiheit verließ sie, sie las nicht, sie lispelte es nur und legte es vor mich hin zu den andern; ich war erstaunt, erschrocken: So bricht die Knospe der Liebe in ihrer größten Schönheit und Bescheidenheit auf! Es war mir, als wenn ein ganzer Frühling auf einmal seine Blüten auf mich herunterschüttelte. Jedermann schwieg, Ferdinanden verließ seine Gegenwart des Geistes nicht, er rief: Schön, sehr schön! Er verdient das Gedicht so wenig als ein Kaisertum. Wenn wir es nur verstanden hätten, sagte der Vater; man verlangte, ich sollte es noch einmal lesen. Meine Augen hatten bisher auf diesen köstlichen Worten geruht, ein Schauder überlief mich vom Kopf bis auf die Füße, Ferdinand merkte meine Verlegenheit, nahm das Blatt weg und las; sie ließ ihn kaum endigen, als sie schon ein anderes Los zog. Das Spiel dauerte nicht lange mehr und das Essen ward aufgetragen.

Soll ich, oder soll ich nicht? Ist es gut, dir etwas zu verschweigen, dem ich so viel, dem ich alles sage? Soll ich dir etwas Bedeutendes verschweigen, indessen ich dich mit so vielen Kleinigkeiten unterhalte, die gewiß niemand lesen möchte, als du, der du eine so große und wunderbare Vorliebe für mich gefaßt hast? Oder soll ich etwas verschweigen, weil es dir einen falschen, einen üblen Begriff von mir geben könnte? Nein! Du kennst mich besser, als ich mich selbst kenne, du wirst auch das, was du mir nicht zutraust, zurechtlegen, wenn ich's tun konnte, du wirst mich, wenn ich tadelnswert bin, nicht verschonen, mich leiten und führen, wenn meine Sonderbarkeiten mich vom rechten Wege abführen sollten.

Meine Freude, mein Entzücken an Kunstwerken, wenn sie wahr sind, wenn sie unmittelbar geistreiche Aussprüche der Natur sind, macht jedem Besitzer, jedem Liebhaber die größte Freude. Diejenigen, die sich Kenner nennen, sind nicht immer meiner Meinung; nun geht mich doch ihre Kennerschaft nichts an, wenn ich glücklich bin. Drückt sich nicht die lebendige Natur lebhaft dem Sinne des Auges ein, bleiben die Bilder nicht fest vor meiner Stirn, verschönern sie sich nicht und freuen sie sich nicht, den durch Menschengeist verschönerten Bildern der Kunst zu begegnen? Ich gestehe dir, darauf beruht bisher meine Liebe zur Natur, meine Liebhaberei zur Kunst, daß ich jene so schön, so schön, so glänzend und so entzückend sah, daß mich das Nachstreben des Künstlers, das unvollkommene Nachstreben, fast wie ein vollkommenes Vorbild hinriß. Geistreiche gefühlte Kunstwerke sind es, die mich entzücken. Das kalte Wesen, das sich in einen beschränkten Zirkel einer gewissen dürftigen Manier, eines kümmerlichen Fleißes einschränkt, ist mir ganz unerträglich. Du siehst daher, daß meine Freude, meine Neigung bis jetzt nur solchen Kunstwerken gelten konnte, deren natürliche Gegenstände mir bekannt waren, die ich mit meinen Erfahrungen vergleichen konnte. Ländliche Gegenden, mit dem, was in ihnen lebt und webt, Blumen- und Fruchtstücke, gotische Kirchen, ein der Natur unmittelbar abgewonnenes Porträt, das konnt' ich erkennen, fühlen und, wenn du willst, gewissermaßen beurteilen. Der wackre M*** hatte seine Freude an meinem Wesen und trieb, ohne daß ich es übelnehmen konnte, seinen Scherz mit mir. Er übersieht mich so weit in diesem Fache und ich mag lieber leiden, daß man lehrreich spottet, als daß man unfruchtbar lobt. Er hatte sich abgemerkt, was mir zunächst auffiel, und verbarg mir nach einiger Bekanntschaft nicht, daß in den Dingen, die mich entzückten, noch manches Schätzenswerte sein möchte, das mir erst die Zeit entdecken würde. Ich lasse das dahingestellt sein und muß denn doch, meine Feder mag auch noch so viele Umschweife nehmen, zur Sache kommen, die ich dir, obwohl mit einigem Widerwillen, vertraue. Ich sehe dich in deiner Stube, in deinem Hausgärtchen, wo du bei einer Pfeife Tabak den Brief erbrechen und lesen wirst. Können mir deine Gedanken in die freie und bunte Welt folgen? Werden deiner Einbildungskraft die Verhältnisse und die Umstände so deutlich sein? Und wirst du gegen einen abwesenden Freund so nachsichtig bleiben, als ich dich in der Gegenwart oft gefunden habe?

Nachdem mein Kunstfreund mich näher kennengelernt, nachdem er mich wert hielt, stufenweis' bessere Stücke zu sehen, brachte er, nicht ohne geheimnisvolle Miene, einen Kasten herbei, der eröffnet, mir eine Danae in Lebensgröße zeigte, die den goldnen Regen in ihrem Schoße empfängt. Ich erstaunte über die Pracht der Glieder, über die Herrlichkeit der Lage und Stellung, über das Große der Zärtlichkeit und über das Geistreiche des sinnlichsten Gegenstandes; und doch stand ich nur in Betrachtung davor. Es erregte nicht jenes Entzücken, jene Freude, jene unaussprechliche Lust in mir. Mein Freund, der mir vieles von den Verdiensten dieses Bildes vorsagte, bemerkte über sein eignes Entzücken meine Kälte nicht und war erfreut, mir an diesem trefflichen Bilde die Vorzüge der italienischen Schule deutlich zu machen. Der Anblick dieses Bildes hatte mich nicht glücklich, er hatte mich unruhig gemacht. Wie! sagte ich zu mir selbst, in welchem besondern Falle finden wir uns, wir bürgerlich eingeschränkten Menschen? Ein bemooster Fels, ein Wasserfall hält meinen Blick so lange gefesselt, ich kann ihn auswendig; seine Höhen und Tiefen, seine Lichter und Schatten, seine Farben, Halbfarben und Widerscheine, alles stellt sich mir im Geiste dar, so oft ich nur will, alles kommt mir aus einer glücklichen Nachbildung ebenso lebhaft wieder entgegen: Und vom Meisterstücke der Natur, vom menschlichen Körper, von dem Zusammenhang, der Zusammenstimmung seines Gliederbaues habe ich nur einen allgemeinen Begriff, der eigentlich gar kein Begriff ist. Meine Einbildungskraft stellt mir diesen herrlichen Bau nicht lebhaft vor, und wenn mir ihn die Kunst darbietet, bin ich nicht imstande weder etwas dabei zu fühlen noch das Bild zu beurteilen. Nein! Ich will nicht länger in dem stumpfen Zustande bleiben, ich will mir die Gestalt des Menschen eindrücken wie die Gestalt der Trauben und Pfirsiche.

Ich veranlaßte Ferdinanden zu baden im See; wie herrlich ist mein junger Freund gebildet! Welch ein Ebenmaß aller Teile! Welch eine Fülle der Form, welch ein Glanz der Jugend, welch ein Gewinn für mich, meine Einbildungskraft mit diesem vollkommenen Muster der menschlichen Natur bereichert zu haben! Nun bevölkere ich Wälder, Wiesen und

Höhen mit so schönen Gestalten; ihn seh' ich als Adonis dem Eber folgen, ihn als Narziß sich in der Quelle bespiegeln!

Noch aber fehlt mir leider Venus, die ihn zurückhält, Venus, die seinen Tod betrauert, die schöne Echo, die noch einen Blick auf den kalten Jüngling wirft, ehe sie verschwindet. Ich nahm mir fest vor, es koste was es wolle, ein Mädchen in dem Naturzustande zu sehen wie ich meinen Freund gesehen hatte. Wir kamen nach Genf. Sollten in dieser großen Stadt, dachte ich, nicht Mädchen sein, die sich für einen gewissen Preis dem Manne überlassen? Und sollte nicht eine darunter schön und willig genug sein, meinen Augen ein Fest zu geben? Ich horchte an dem Lohnbedienten, der sich mir, jedoch nur langsam und auf eine kluge Weise, näherte. Natürlich sagte ich ihm nichts von meiner Absicht; er mochte von mir denken was er wollte, denn man will lieber jemandem lasterhaft als lächerlich erscheinen. Er führte mich abends zu einem alten Weibe; sie empfing mich mit viel Vorsicht und Bedenklichkeiten: Es sei, meinte sie, überall und besonders in Genf gefährlich, der Jugend zu dienen. Ich erklärte mich sogleich, was ich für einen Dienst von ihr verlange. Mein Märchen glückte mir und die Lüge ging mir geläufig vom Munde. Ich war ein Maler, hatte Landschaften gezeichnet, die ich nun durch die Gestalten schöner Nymphen zu heroischen Landschaften erheben wolle. Ich sagte die wunderlichsten Dinge, die sie ihr Lebtag nicht gehört haben mochte. Sie schüttelte dagegen den Kopf und versicherte mir: Es sei schwer, meinen Wunsch zu befriedigen. Ein ehrbares Mädchen werde sich nicht leicht dazu entschließen, es werde mich was kosten, sie wolle sehen. Was? rief ich aus, ein ehrbares Mädchen ergibt sich für einen leidlichen Preis einem fremden Mann? – Allerdings. – Und sie will nicht nackend vor seinen Augen erscheinen? – Keinesweges; dazu gehört viel Entschließung. – Selbst wenn sie schön ist? – Auch dann. Genug, ich will sehen, was ich für Sie tun kann, Sie sind ein junger, artiger, hübscher Mann, für den man sich schon Mühe geben muß. Sie klopfte mir auf die Schultern und auf die Wangen: Ja! rief sie aus, ein Maler, das muß es wohl sein, denn Sie sind weder alt noch vornehm genug, um dergleichen Szenen zu bedürfen. Sie bestellte mich auf den folgenden Tag und so schieden wir auseinander.

Ich kann heute nicht vermeiden, mit Ferdinand in eine große Gesellschaft zu gehen, und auf den Abend steht mir das Abenteuer bevor. Es wird einen schönen Gegensatz geben. Schon kenne ich diese verwünschte Gesellschaft, wo die alten Weiber verlangen, daß man mit ihnen spielen, die jungen, daß man mit ihnen liebäugeln soll, wo man dann dem Gelehrten zuhören, den Geistlichen verehren, dem Edelmann Platz machen muß, wo die vielen Lichter kaum eine leidliche Gestalt beleuchten, die noch dazu hinter einen barbarischen Putz versteckt ist. Soll ich französisch reden, eine fremde Sprache, in der man immer albern erscheint, man mag sich stellen wie man will, weil man immer nur das Gemeine, nur die groben Züge und noch dazu stockend und stotternd ausdrücken kann? Denn was unterscheidet den Dummkopf vom geistreichen Menschen, als daß dieser das Zarte, Gehörige der Gegenwart schnell, lebhaft und eigentümlich ergreift und mit Leichtigkeit ausdrückt, als daß jene, gerade wie wir es in einer fremden Sprache tun, sich mit schon gestempelten hergebrachten Phrasen bei jeder Gelegenheit behelfen müssen. Heute will ich mit Ruhe ein paar Stunden die schlechten Späße ertragen, in der Aussicht auf die sonderbare Szene, die meiner wartet.

Mein Abenteuer ist bestanden, vollkommen nach meinen Wünschen, über meine Wünsche, und doch weiß ich nicht, ob ich mich darüber freuen oder ob ich mich tadeln soll. Sind wir denn nicht gemacht, das Schöne rein zu beschauen, ohne Eigennutz das Gute hervorzubringen? Fürchte nichts und höre mich: Ich habe mir nichts vorzuwerfen; der Anblick hat mich nicht aus meiner Fassung gebracht, aber meine Einbildungskraft ist entzündet, mein Blut erhitzt. O! stünd' ich nur schon den großen Eismassen gegenüber, um mich wieder abzukühlen! Ich schlich mich aus der Gesellschaft und in meinen Mantel gewickelt nicht ohne Bewegung zur Alten. Wo haben Sie Ihr Portefeuille? rief sie aus. – Ich hab' es diesmal nicht mitgebracht. Ich will heute nur mit den Augen studieren. – Ihre Arbeiten müssen Ihnen gut bezahlt werden, wenn Sie so teure

Studien machen können. Heute werden Sie nicht wohlfeil davonkommen. Das Mädchen verlangt *** und mir können Sie auch für meine Bemühung unter ** nicht geben. (Du verzeihst mir, wenn ich dir den Preis nicht gestehe.) Dafür sind Sie aber auch bedient wie Sie es wünschen können. Ich hoffe, Sie sollen meine Vorsorge loben; so einen Augenschmaus haben Sie noch nicht gehabt und ... das Anfühlen haben sie umsonst.
Sie brachte mich darauf in ein kleines, artig möbliertes Zimmer: Ein sauberer Teppich deckte den Fußboden, in einer Art von Nische stand ein sehr reinliches Bett, zu der Seite des Hauptes eine Toilette mit aufgestelltem Spiegel, und zu den Füßen ein Gueridon mit einem dreiarmigen Leuchter, auf dem schöne helle Kerzen brannten; auch auf der Toilette brannten zwei Lichter. Ein erloschenes Kaminfeuer hatte die Stube durchaus erwärmt. Die Alte wies mir einen Sessel an, dem Bette gegenüber am Kamin, und entfernte sich. Es währte nicht lange, so kam zu der entgegengesetzten Türe ein großes, herrlich gebildetes, schönes Frauenzimmer heraus; ihre Kleidung unterschied sich nicht von der gewöhnlichen. Sie schien mich nicht zu bemerken, warf ihren schwarzen Mantel ab und setzte sich vor die Toilette. Sie nahm eine große Haube, die ihr Gesicht bedeckt hatte, vom Kopfe: Eine schöne, regelmäßige Bildung zeigte sich, braune Haare mit vielen und großen Locken rollten auf die Schultern herunter. Sie fing an, sich auszukleiden; welch eine wunderliche Empfindung, da ein Stück nach dem

andern herabfiel, und die Natur, von der fremden Hülle entkleidet, mir als fremd erschien und beinahe, möcht' ich sagen, mir einen schauerlichen Eindruck machte. Ach! mein Freund, ist es nicht mit unsern Meinungen, unsern Vorurteilen, Einrichtungen, Gesetzen und Grillen auch so? Erschrecken wir nicht, wenn eine von diesen fremden, ungehörigen, unwahren Umgebungen uns entzogen wird, und irgendein Teil unserer wahren Natur entblößt dastehen soll? Wir schaudern, wir schämen uns, aber vor keiner wunderlichen und abgeschmackten Art, uns durch äußern Zwang zu entstellen, fühlen wir die mindeste Abneigung. Soll ich dir's gestehen, ich konnte mich ebensowenig in den herrlichen Körper finden, da die letzte Hülle herabfiel, als vielleicht Freund L. sich in seinen Zustand finden wird, wenn ihn der Himmel zum Anführer der Mohawks machen sollte. Was sehen wir an den Weibern? Was für Weiber gefallen uns und wie konfundieren wir alle Begriffe? Ein kleiner Schuh sieht gut aus, und wir rufen: Welch ein schöner, kleiner Fuß! Ein schmaler Schnürleib hat etwas Elegantes, und wir preisen die schöne Taille.

Ich beschreibe dir meine Reflexionen, weil ich dir mit Worten die Reihe von entzückenden Bildern nicht darstellen kann, die mich das schöne Mädchen mit Anstand und Artigkeit sehen ließ. Alle Bewegungen folgten so natürlich aufeinander, und doch schienen sie so studiert zu sein. Reizend war sie, indem sie sich entkleidete, schön, herrlich schön, als das letzte Gewand fiel. Sie stand, wie Minerva vor

Paris mochte gestanden haben, bescheiden bestieg sie ihr Lager, unbedeckt versuchte sie in verschiedenen Stellungen sich dem Schlafe zu übergeben, endlich schien sie entschlummert. In der anmutigsten Stellung blieb sie eine Weile, ich konnte nur staunen und bewundern. Endlich schien ein leidenschaftlicher Traum sie zu beunruhigen, sie seufzte tief, veränderte heftig die Stellung, stammelte den Namen eines Geliebten und schien ihre Arme gegen ihn auszustrecken. Komm! rief sie endlich mit vernehmlicher Stimme, komm, mein Freund, in meine Arme, oder ich schlafe wirklich ein. In dem Augenblick ergriff sie die seidne durchnähte Decke, zog sie über sich her, und ein allerliebstes Gesicht sah unter ihr hervor.

Zweite Abteilung

Münster, den 3. Oktober
Sonntag abends

Von Basel erhalten Sie ein Paket, das die Geschichte unsrer bisherigen Reise enthält, indessen wir unsern Zug durch die Schweiz nun ernstlich fortsetzen. Auf dem Wege nach Biel ritten wir das schöne Birstal herauf und kamen endlich an den engen Paß, der hierher führt.

Durch den Rücken einer hohen und breiten Gebirgkette hat die Birs, ein mäßiger Fluß, sich einen Weg von uralters gesucht. Das Bedürfnis mag nachher durch ihre Schluchten ängstlich nachgeklettert sein. Die Römer erweiterten schon den Weg, und nun ist er sehr bequem durchgeführt. Das über Felsstücke rauschende Wasser und der Weg gehen nebeneinander hin und machen an den meisten Orten die ganze Breite des Passes, der auf beiden Seiten von Felsen beschlossen ist, die ein gemächlich aufgehobenes Auge fassen kann. Hinterwärts heben Gebirge sanft ihre Rücken, deren Gipfel uns vom Nebel bedeckt waren.

Bald steigen aneinanderhängende Wände senkrecht auf, bald streichen gewaltige Lagen schief nach dem Fluß und dem Weg ein, breite Massen sind aufeinandergelegt, und gleich daneben stehen scharfe Klippen abgesetzt. Große Klüfte spalten sich aufwärts, und Platten von Mauerstärke haben sich von dem übrigen Gesteine losgetrennt. Einzelne Felsstücke

sind heruntergestürzt, andere hängen noch über und lassen nach ihrer Lage fürchten, daß sie dereinst gleichfalls hereinkommen werden.
Bald rund, bald spitz, bald bewachsen, bald nackt sind die Firsten der Felsen, wo oft noch oben drüber ein einzelner Kopf kahl und kühn herübersieht, und an Wänden und in der Tiefe schmiegen sich ausgewitterte Klüfte hinein.
Mir machte der Zug durch diese Enge eine große ruhige Empfindung. Das Erhabene gibt der Seele die schöne Ruhe, sie wird ganz dadurch ausgefüllt, fühlt sich so groß als sie sein kann. Wie herrlich ist ein solches reines Gefühl, wenn es bis gegen den Rand steigt ohne überzulaufen. Mein Auge und meine Seele konnten die Gegenstände fassen, und da ich rein war, diese Empfindung nirgends falsch widerstieß, so wirkten sie, was sie sollten. Vergleicht man solch ein Gefühl mit jenem, wenn wir uns mühselig im Kleinen umtreiben, alles aufbieten, diesem so viel als möglich zu borgen und aufzuflicken, und unserm Geist durch seine eigne Kreatur Freude und Futter zu bereiten; so sieht man erst, wie ein armseliger Behelf es ist.
Ein junger Mann, den wir von Basel mitnahmen, sagte: Es sei ihm lange nicht wie das erstemal, und gab der Neuheit die Ehre. Ich möchte aber sagen: Wenn wir einen solchen Gegenstand zum erstenmal erblicken, so weitet sich die ungewohnte Seele erst aus, und es macht dies ein schmerzlich Vergnügen, eine Überfülle, die die Seele bewegt und uns wollüstige Tränen ablockt. Durch diese Operation wird

Wegkrümmung in einem engen Felsental

die Seele in sich größer, ohne es zu wissen, und ist jener ersten Empfindung nicht mehr fähig. Der Mensch glaubt verloren zu haben, er hat aber gewonnen. Was er an Wollust verliert, gewinnt er an innerm Wachstum. Hätte mich nur das Schicksal in irgendeiner großen Gegend heißen wohnen, ich wollte mit jedem Morgen Nahrung der Großheit aus ihr saugen, wie aus einem lieblichen Tal Geduld und Stille.

Am Ende der Schlucht stieg ich ab und kehrte einen Teil allein zurück. Ich entwickelte mir noch ein tiefes Gefühl, durch welches das Vergnügen auf einen hohen Grad für den aufmerksamen Geist vermehrt wird. Man ahnet im Dunkeln die Entstehung und das Leben dieser seltsamen Gestalten. Es mag geschehen sein wie und wann es wolle, so haben sich diese Massen, nach der Schwere und Ähnlichkeit ihrer Teile, groß und einfach zusammengesetzt. Was für Revolutionen sie nachher bewegt, getrennt, gespalten haben, so sind auch diese doch nur einzelne Erschütterungen gewesen, und selbst der Gedanke einer so ungeheuren Bewegung gibt ein hohes Gefühl von ewiger Festigkeit. Die Zeit hat auch, gebunden an die ewigen Gesetze, bald mehr, bald weniger auf sie gewirkt.

Sie scheinen innerlich von gelblicher Farbe zu sein; allein das Wetter und die Luft verändern die Oberfläche in Graublau, daß nur hier und da in Streifen und in frischen Spalten die erste Farbe sichtbar ist. Langsam verwittert der Stein selbst und rundet sich an den Ecken ab, weichere Flecken werden weggezehrt, und so gibt's gar zierlich ausgeschweifte Höhlen und Löcher, die, wann sie mit scharfen Kanten und Spitzen zusammentreffen, sich seltsam zeichnen. Die Vegetation behauptet ihr Recht; auf jedem Vorsprung, Fläche und Spalt fassen Fichten Wurzel, Moos und Kräuter säumen die Felsen. Man fühlt tief, hier ist nichts Willkürliches, hier wirkt ein alles langsam bewegendes, ewiges Gesetz, und nur von Menschenhand ist der bequeme Weg, über den man durch diese seltsamen Gegenden durchschleicht.

Genf, den 27. Oktober

Die große Bergkette, die von Basel bis Genf Schweiz und Frankreich scheidet, wird, wie Ihnen bekannt ist, der Jura genannt. Die größten Höhen davon ziehen sich über Lausanne bis ungefähr über Rolle und Nyon. Auf diesem höchsten Rücken ist ein merkwürdiges Tal von der Natur eingegraben – ich möchte sagen eingeschwemmt, da auf allen diesen Kalkhöhen die Wirkungen der uralten Gewässer sichtbar sind – das La Vallée de Joux genannt wird, welcher Name, da Joux in der Landsprache einen Felsen oder Berg bedeutet, deutsch das Bergtal hieße. Eh' ich zur Beschreibung unsrer Reise fortgehe, will ich mit wenigem die Lage desselben geographisch angeben. Seine Länge streicht, wie das Gebirg' selbst, ziemlich von Mittag gegen Mitternacht, und wird an jener Seite von den sept Moncels, an dieser von der Dent de Vaulion, welche nach der Dôle der höchste Gipfel des Jura ist, begrenzt und hat, nach der Sage des Landes, neun kleine, nach unsrer ungefähren Reiserechnung aber sechs starke Stunden. Der Berg, der es die Länge hin an der Morgenseite begrenzt und auch von dem flachen Land herauf sichtbar ist, heißt Le Noirmont. Gegen Abend streicht der Risoux hin und verliert sich allmählich gegen die Franche-Comté. Frankreich und Bern teilen sich ziemlich gleich in dieses Tal, so daß jenes die obere schlechte Hälfte und dieses die untere bessere besitzt, welche letztere eigentlich La Vallée du Lac de Joux genannt wird. Ganz oben in dem Tal, gegen den Fuß der sept Moncels, liegt der Lac des Rousses, der keinen sichtlichen einzelnen Ursprung hat, sondern sich aus quelligem Boden und den überall auslaufenden Brunnen sammelt. Aus demselben fließt die Orbe, durchstreicht das ganze französische und einen großen Teil des Berner Gebiets, bis sie wieder unten gegen die Dent de Vaulion sich zum Lac de Joux bildet, der seitwärts in einen kleinen See abfällt, woraus das Wasser endlich sich unter der Erde verlieret. Die Breite des Tals ist verschieden, oben beim Lac des Rousses etwa eine halbe Stunde, alsdann verengert sich's und läuft wieder unten auseinander, wo etwa die größte Breite anderthalb Stunden wird. So viel zum bessern Verständnis des Folgenden, wobei ich Sie einen Blick auf die Karte zu tun bitte, ob ich sie gleich alle, was diese Gegend betrifft, unrichtig gefunden habe. Den 24. Oktober ritten wir, in Begleitung eines Hauptmanns und Oberforstmeisters dieser Gegenden, erstlich Mont hinan, einen kleinen zerstreuten Ort, der eigentlicher eine Kette von Reb- und Landhäusern genannt werden könnte. Das Wetter war sehr hell; wir hatten, wenn wir uns umkehrten, die Aussicht auf den Genfer See, die Savoyer und Walliser Gebirge, konnten Lausanne erkennen und durch einen leichten Nebel auch die Gegend von Genf. Der Mont Blanc, der über alle Gebirge des Faucigny ragt, kam immer mehr hervor. Die Sonne ging klar unter, es war so ein großer Anblick, daß ein menschlich Auge nicht dazu hinreicht. Der fast volle Mond kam herauf und wir immer höher. Durch Fichtenwälder stiegen wir weiter den Jura hinan, und sahen den See in Duft und den Widerschein des Mondes darin. Es wurde immer heller. Der Weg ist eine wohlgemachte Chaussee, nur angelegt, um das Holz aus dem Gebirg bequemer in das Land herunter zu bringen. Wir waren wohl drei Stunden gestiegen, als es hinterwärts sachte wieder hinabzugehen anfing. Wir glaubten, unter uns einen großen See zu erblicken, indem ein tiefer Nebel das ganze Tal, was wir übersehen konnten, ausfüllte. Wir kamen ihm endlich näher, sahen einen weißen Bogen, den der Mond darin bildete, und wurden bald ganz vom Nebel eingewickelt. Die Begleitung des Hauptmanns verschaffte uns Quartier in einem Hause, wo man sonst nicht Fremde aufzunehmen pflegt. Es unterschied sich in der innern Bauart von gewöhnlichen Gebäuden in nichts, als daß der große Raum mitten inne zugleich Küche, Versammlungsplatz, Vorsaal ist, und man von da in die Zimmer gleicher Erde und auch die Treppe hinaufgeht. Auf der einen Seite war an dem Boden auf steinernen Platten das

Feuer angezündet, davon ein weiter Schornstein, mit Brettern dauerhaft und sauber ausgeschlagen, den Rauch aufnahm. In der Ecke waren die Türen zu den Backöfen, der ganze Fußboden übrigens gedielet, bis auf ein kleines Eckchen am Fenster um den Spülstein, das gepflastert war, übrigens rings herum, auch in der Höhe über den Balken, eine Menge Hausrat und Gerätschaften in schöner Ordnung angebracht, alles nicht unreinlich gehalten.
Den 25. morgens war helles kaltes Wetter, die Wiesen bereift, hier und da zogen leichte Nebel: Wir konnten den untern Teil des Tals ziemlich übersehen, unser Haus lag am Fuß des östlichen Noirmont. Gegen achte ritten wir ab, und um der Sonne gleich zu genießen, an der Abendseite hin. Der Teil des Tals, an dem wir hinritten, besteht in abgeteilten Wiesen, die gegen den See zu etwas sumpfiger werden. Die Orbe fließt in der Mitte durch. Die Einwohner haben sich teils in einzelnen Häusern an der Seite angebaut, teils sind sie in Dörfern näher zusammengerückt, die einfache Namen von ihrer Lage führen. Das erste, wodurch wir kamen, war Le Sentier. Wir sahen von weitem die Dent de Vaulion über einem Nebel, der auf dem See stand, hervorblicken. Das Tal ward breiter, wir kamen hinter einem Felsgrat, der uns den See verdeckte, durch ein ander Dorf, Le Lieu genannt, die Nebel stiegen und fielen wechselweise vor der Sonne. Hier nahebei ist ein kleiner See, der keinen Zu- und Abfluß zu haben scheint. Das Wetter klärte sich völlig auf und wir kamen gegen den Fuß der Dent de Vaulion und tra-

fen hier ans nördliche Ende des großen Sees, der, indem er sich westwärts wendet, in den kleinen, durch einen Damm unter einer Brücke weg, seinen Ausfluß hat. Das Dorf drüben heißt Le Pont. Die Lage des kleinen Sees ist wie in einem eigenen kleinen Tal, was man niedlich sagen kann. An dem westlichen Ende ist eine merkwürdige Mühle in einer Felskluft angebracht, die ehemals der kleine See ausfüllte. Nunmehr ist er abgedämmt und die Mühle in die Tiefe gebaut. Das Wasser läuft durch Schleusen auf die Räder, es stürzt sich von da in Felsritzen, wo es eingeschluckt wird und erst eine Stunde von da im Vallorbe hervorkommt, wo es wieder den Namen des Orbeflusses führet. Diese Abzüge *(entonnoirs)* müssen rein gehalten werden, sonst würde das Wasser steigen, die Kluft wieder ausfüllen und über die Mühle weg gehen, wie es schon mehr geschehen ist. Sie waren stark in der Arbeit begriffen, den morschen Kalkfelsen teils wegzuschaffen, teils zu befestigen. Wir ritten zurück über die Brücke nach Le Pont, nahmen einen Wegweiser auf La Dent. Im Aufsteigen sahen wir nunmehr den großen See völlig hinter uns. Ostwärts ist der Noirmont seine Grenze, hinter dem der kahle Gipfel der Dôle hervorkommt, westwärts hält ihn der Felsrücken, der gegen den See ganz nackt ist, zusammen. Die Sonne schien heiß, es war zwischen elf und Mittag. Nach und nach übersahen wir das ganze Tal, konnten in der Ferne den Lac des Rousses erkennen, und weiter her bis zu unsern Füßen die Gegend, durch die wir gekommen waren, und den

Weg, der uns rückwärts noch überblieb. Im Aufsteigen wurde von der großen Strecke Landes und den Herrschaften, die man oben unterscheiden könnte, gesprochen, und in solchen Gedanken betraten wir den Gipfel; allein, uns war ein ander Schauspiel zubereitet. Nur die hohen Gebirgketten waren unter einem klaren und heitern Himmel sichtbar, alle niederen Gegenden mit einem weißen wolkigen Nebelmeer überdeckt, das sich von Genf bis nordwärts an den Horizont erstreckte und in der Sonne glänzte. Daraus stieg ostwärts die ganze reine Reihe aller Schnee- und Eisgebirge, ohne Unterschied von Namen der Völker und Fürsten, die sie zu besitzen glauben, nur einem großen Herrn und dem Blick der Sonne unterworfen, der sie schön rötete. Der Mont Blanc gegen uns über schien der höchste, die Eisgebirge des Wallis und des Oberlandes folgten, zuletzt schlossen niedere Berge des Kantons Bern. Gegen Abend war an einem Platze das Nebelmeer unbegrenzt, zur Linken in der weitsten Ferne zeigten sich sodann die Gebirge von Solothurn, näher die von Neuchâtel, gleich vor uns einige niedere Gipfel des Jura, unter uns lagen einige Häuser von Vaulion, dahin die Dent gehört und daher sie den Namen hat. Gegen Abend schließt die Franche-Comté mit flachstreichenden waldigen Bergen den ganzen Horizont, wovon ein einziger ganz in der Ferne gegen Nordwest sich unterschied. Grad ab war ein schöner Anblick. Hier ist die Spitze, die diesem Gipfel den Namen eines Zahns gibt. Er geht steil und eher etwas einwärts hinunter, in der Tiefe schließt ein kleines Fichtental an mit schönen Grasplätzen, gleich drüber liegt das Tal, Vallorbe genannt, wo man die Orbe aus dem Felsen kommen sieht und rückwärts zum kleinen See ihren unterirdischen Lauf in Gedanken verfolgen kann. Das Städtchen Vallorbe liegt auch in diesem Tal. Ungern schieden wir. Einige Stunden längeren Aufenthalts, indem der Nebel um diese Zeit sich zu zerstreuen pflegt, hätten uns das tiefere Land mit dem See entdecken lassen; so aber mußte, damit der Genuß vollkommen werde, noch etwas zu wünschen übrig bleiben. Abwärts hatten wir unser ganzes Tal in aller Klarheit vor uns, stiegen bei Le Pont zu Pferde, ritten an der Ostseite den See hinauf, kamen durch L'Abbaye, welches jetzt ein Dorf ist, ehemals aber ein Sitz der Geistlichen war, denen das ganze Tal zugehörte. Gegen viere langten wir in unserm Wirtshaus an, und fanden ein Essen, wovon uns die Wirtin versicherte, daß es um Mittag gut gewesen sei, aber auch übergar trefflich schmeckte.

Daß ich noch einiges, wie man mir es erzählt, hinzufüge. Wie ich eben erwähnte, soll ehedem das Tal Mönchen gehört haben, die es dann wieder vereinzelt, und zu Zeiten der Reformation mit den übrigen ausgetrieben worden. Jetzt gehört es zum Kanton Bern, und sind die Gebirge umher die Holzkammer von dem Pays de Vaud. Die meisten Hölzer sind Privatbesitzungen, werden unter Aufsicht geschlagen und so ins Land gefahren. Auch werden hier die Dauben zu fichtenen Fässern geschnitten, Eimer, Bottiche und allerlei hölzerne Gefäße verfertiget.

Die Leute sind gut gebildet und gesittet. Neben dem Holzverkauf treiben sie die Viehzucht; sie haben kleines Vieh und machen gute Käse. Sie sind geschäftig, und ein Erdschollen ist ihnen viel wert. Wir fanden einen, der die wenige aus einem Gräbchen aufgeworfene Erde mit Pferd und Karren in einige Vertiefungen eben der Wiese führte. Die Steine legen sie sorgfältig zusammen und bringen sie auf kleine Haufen. Es sind viele Steinschleifer hier, die für Genfer und andere Kaufleute arbeiten, mit welchem Erwerb sich auch die Frauen und Kinder beschäftigen. Die Häuser sind dauerhaft und sauber gebaut, die Form und Einrichtung nach dem Bedürfnis der Gegend und der Bewohner; vor jedem Hause läuft ein Brunnen, und durchaus spürt man Fleiß, Rührigkeit und Wohlstand. Über alles aber muß man die schönen Wege preisen, für die, in diesen entfernten Gegenden, der Stand Bern wie durch den ganzen übrigen Kanton sorgt. Es geht eine Chaussee um das ganze Tal herum, nicht übermäßig breit, aber wohl unterhalten, so daß die Einwohner mit der größten Bequemlichkeit ihr Gewerbe treiben, mit kleinen Pferden und leichten Wagen fortkommen können. Die Luft ist sehr rein und gesund. Den 26. ward beim Frühstück überlegt, welchen Weg man zurück nehmen wolle. Da wir hörten, daß die Dôle, der höchste Gipfel des Jura, nicht weit von dem obern Ende des Tals liege, da das Wetter sich auf das herrlichste anließ und wir hoffen konnten, was uns gestern noch gefehlt, heute vom Glück alles zu erlangen; so wurde dahin zu gehen beschlossen.

Wir packten einem Boten Käse, Butter, Brot und Wein auf, und ritten gegen achte ab. Unser Weg ging nun durch den obern Teil des Tals in dem Schatten des Noirmont hin. Es war sehr kalt, hatte gereift und gefroren; wir hatten noch eine Stunde im Bernischen zu reiten, wo sich die Chaussee, die man eben zu Ende bringt, abschneiden wird. Durch einen kleinen Fichtenwald rückten wir ins französische Gebiet ein. Hier verändert sich der Schauplatz sehr. Was wir zuerst bemerkten, waren die schlechten Wege. Der Boden ist sehr steinig, überall liegen sehr große Haufen zusammengelesen; wieder ist er eines Teils sehr morastig und quellig; die Waldungen umher sind sehr ruinieret; den Häusern und Einwohnern sieht man, ich will nicht sagen Mangel, aber doch bald ein sehr enges Bedürfnis an. Sie gehören fast als Leibeigne an die Canonici von St. Claude, sie sind an die Erde gebunden, viele Abgaben liegen auf ihnen *(sujets à la main morte et au droit de la suite),* wovon mündlich ein mehreres, wie auch von dem neusten Edikt des Königs, wodurch das *droit de la suite* aufgehoben wird, die Eigentümer und Besitzer aber eingeladen werden, gegen ein gewisses Geld der *main morte* zu entsagen. Doch ist auch dieser Teil des Tals sehr angebaut. Sie nähren sich mühsam und lieben doch ihr Vaterland sehr, stehlen gelegentlich den Bernern Holz und verkaufen's wieder ins Land. Der erste Sprengel heißt le Bois-d'Amont, durch den wir in das Kirchspiel Les Rousses kamen, wo wir den kleinen Lac des Rousses und Les sept Moncels, sieben kleine, verschieden gestaltete und verbundene Hügel, die mittägige Grenze des Tals, vor uns sahen. Wir kamen bald auf die neue Straße, die aus dem Pays de Vaud nach Paris führt; wir folgten ihr eine Weile abwärts und waren nunmehr von unserm Tale geschieden; der kahle Gipfel der Dôle lag vor uns, wir stiegen ab, unsre Pferde zogen auf der Straße voraus nach St. Cergue, und wir stiegen die Dôle hinan. Es war gegen Mittag, die Sonne schien heiß, aber es wechselte ein kühler Mittagswind. Wenn wir, auszuruhen, uns umsahen, hatten wir Les sept Moncels hinter uns, wir sahen noch einen Teil des Lac des Rousses und um ihn die zerstreuten Häuser des Kirchspiels, der Noirmont deckte uns das übrige ganze Tal, höher sahen wir wieder ungefähr die gestrige Aussicht in die Franche-Comté und näher bei uns, gegen Mittag, die letzten Berge und Täler des Jura. Sorgfältig hüteten wir uns, nicht durch einen Bug der Hügel uns nach der Gegend umzusehen, um derentwillen wir eigentlich heraufstiegen. Ich war in einiger Sorge wegen des Nebels, doch zog ich aus der Gestalt des obern Himmels einige gute Vorbedeutungen. Wir betraten endlich den obern Gipfel und sahen mit größtem Vergnügen uns heute gegönnt, was uns gestern versagt war. Das ganze Pays de Vaud und de Gex lag wie eine Flurkarte unter uns, alle Besitzungen mit grünen Zäunen abgeschnitten, wie die Beete eines Parterres. Wir waren so hoch, daß die Höhen und Vertiefungen des vordern Landes gar nicht erschienen. Dörfer, Städtchen, Landhäuser, Weinberge, und höher herauf, wo Wald und Alpen angehen, Sennhütten, meistens weiß und hell angestrichen, leuchteten gegen die Sonne. Vom Genfer See hatte sich der Nebel schon zurückgezogen, wir sahen den nächsten Teil an der diesseitigen Küste deutlich; den sogenannten kleinen See, wo sich der große verenget und gegen Genf zugeht, dem wir gegenüber waren, überblickten wir ganz, und gegenüber klärte sich das Land auf, das ihn einschließt. Vor allem aber behauptete der Anblick über die Eis- und Schneeberge seine Rechte. Wir setzten uns vor der kühlen Luft in Schutz hinter Felsen, ließen uns von der Sonne bescheinen, das Essen und Trinken schmeckte trefflich. Wir sahen dem Nebel zu, der sich nach und nach verzog, jeder entdeckte etwas, oder glaubte etwas zu entdecken. Wir sahen nach und nach Lausanne mit allen Gartenhäusern umher, Vevey und das Schloß von Chillon ganz deutlich, das Gebirg, das uns den Eingang vom Wallis verdeckte, bis in den See, von da, an der Savoyer Küste, Evian-les-Bains, Ripaille, Thonon-les-Bains, Dörfchen und Häuschen zwischen inne; Genf kam endlich rechts auch aus dem Nebel, aber weiter gegen Mittag, gegen den Mont Crédo und Mont Vuache, wo das Fort l'Ecluse inne liegt, zog er sich gar nicht weg. Wendeten wir uns wieder links, so lag das ganze Land von Lausanne bis Solothurn in leichtem Duft. Die nähern Berge und Höhen, auch alles, was weiße Häuser hatte, konnten wir erkennen; man zeigte uns das Schloß Champent blinken, das vom Neuenburger See links liegt, woraus wir seine Lage mutmaßen, ihn aber in dem blauen Duft nicht

erkennen konnten. Es sind keine Worte für die Größe und Schöne dieses Anblicks, man ist sich im Augenblick selbst kaum bewußt, daß man sieht, man ruft sich nur gern die Namen und alten Gestalten der bekannten Städte und Orte zurück, und freut sich in einer taumelnden Erkenntnis, daß das eben die weißen Punkte sind, die man vor sich hat.
Und immer wieder zog die Reihe der glänzenden Eisgebirge das Aug' und die Seele an sich. Die Sonne wendete sich mehr gegen Abend und erleuchtete ihre größern Flächen gegen uns zu. Schon was vom See auf für schwarze Felsrücken, Zähne, Türme und Mauern in vielfachen Reihen vor ihnen aufsteigen! Wilde, ungeheure, undurchdringliche Vorhöfe bilden! Wenn sie dann erst selbst in der Reinheit und Klarheit in der freien Luft mannigfaltig daliegen; man gibt da gern jede Prätention ans Unendliche auf, da man nicht einmal mit dem Endlichen im Anschauen und Gedanken fertig werden kann.
Vor uns sahen wir ein fruchtbares bewohntes Land; der Boden, worauf wir standen, ein hohes kahles Gebirge, trägt noch Gras, Futter für Tiere, von denen der Mensch Nutzen zieht. Das kann sich der einbildische Herr der Welt noch zueignen; aber jene sind wie eine heilige Reihe von Jungfrauen, die der Geist des Himmels in unzugänglichen Gegenden, vor unsern Augen, für sich allein in ewiger Reinheit aufbewahrt. Wir blieben und reizten einander wechselweise, Städte, Berge und Gegenden, bald mit bloßem Auge, bald mit dem Teleskop, zu entdecken, und gingen nicht eher abwärts, als bis die Sonne, im

Weichen, den Nebel seinen Abendhauch über den See breiten ließ. Wir kamen mit Sonnenuntergang auf die Ruinen des Fort de St. Cergue. Auch näher am Tal, waren unsre Augen nur auf die Eisgebirge gegenüber gerichtet. Die letzten, links im Oberland, schienen in einen leichten Feuerdampf aufzuschmelzen; die nächsten standen noch mit wohl bestimmten roten Seiten gegen uns, nach und nach wurden jene weiß, grün, graulich. Es sah fast ängstlich aus. Wie ein gewaltiger Körper von außen gegen das Herz zu abstirbt, so erblaßten alle langsam gegen den Mont Blanc zu, dessen weiter Busen noch immer rot herüberglänzte und auch zuletzt uns noch einen rötlichen Schein zu behalten schien, wie man den Tod des Geliebten nicht gleich bekennen, und den Augenblick, wo der Puls zu schlagen aufhört, nicht abschneiden will. Auch nun gingen wir ungern weg. Die Pferde fanden wir in St. Cergue, und daß nichts fehle, stieg der Mond auf und leuchtete uns nach Nyon, indes unterweges unsere gespannten Sinne sich wieder lieblich falten konnten, wieder freundlich wurden, um mit frischer Lust aus den Fenstern des Wirtshauses den breitschwimmenden Widerglanz des Mondes im ganz reinen See genießen zu können.

Hier und da auf der ganzen Reise ward soviel von der Merkwürdigkeit der Savoyer Eisgebirge gesprochen, und wie wir nach Genf kamen, hörten wir, es werde immer mehr Mode, dieselben zu sehen, daß der Graf eine sonderliche Lust kriegte, unsern Weg dahin zu leiten, von Genf aus über Cluses und Sallanches ins Tal Chamonix zu gehen, die Wunder zu betrachten, dann über Vallorcine und Trient nach Martigny ins Wallis zu fallen. Dieser Weg, den die meisten Reisenden nehmen, schien wegen der Jahrszeit etwas bedenklich. Der Herr de Saussure wurde deswegen auf seinem Landgute besucht und um Rat gefragt. Er versicherte, daß man ohne Bedenken den Weg machen könne: Es liege auf den mittlern Bergen noch kein Schnee, und wenn wir in der Folge aufs Wetter und auf den guten Rat der Landleute achten wollten, der niemals fehlschlage, so könnten wir mit aller Sicherheit diese Reise unternehmen. Hier ist die Abschrift eines sehr eiligen Tageregisters.

Cluses in Savoyen, den 3. November
abends gegen zehn

Heute beim Abscheiden von Genf teilte sich die Gesellschaft; der Graf, mit mir und einem Jäger, zog nach Savoyen zu; Freund W. mit den Pferden durchs Pays de Vaud ins Wallis. Wir, in einem leichten Kabriolett mit vier Rädern, fuhren erst, Hubern auf seinem Landgute zu besuchen, den Mann, dem Geist, Imagination, Nachahmungsbegierde zu allen Gliedern heraus will, einen der wenigen ganzen Menschen, die wir angetroffen haben. Er setzte uns auf den Weg, und wir fuhren sodann, die hohen Schneegebirge, an die wir wollten, vor Augen, weiter. Vom Genfer See laufen die vordern Bergketten gegeneinander, bis da, wo Bonneville, zwischen der

Môle, einem ansehnlichen Berge, und der Arve inne liegt. Da aßen wir zu Mittag. Hinter der Stadt schließt sich das Tal an, obgleich noch sehr breit, die Arve fließt sachte durch, die Mittagseite ist sehr angebaut und durchaus der Boden benutzt. Wir hatten seit früh etwas Regen, wenigstens auf die Nacht, befürchtet, aber die Wolken verließen nach und nach die Berge und teilten sich in Schäfchen, die uns schon mehr ein gutes Zeichen gewesen. Die Luft war so warm, wie Anfang Septembers, und die Gegend sehr schön, noch viele Bäume grün, die meisten braungelb, wenige ganz kahl, die Saat hochgrün, die Berge im Abendrot rosenfarb ins Violette, und diese Farben auf großen, schönen, gefälligen Formen der Landschaft. Wir schwatzten viel Gutes. Gegen fünfe kamen wir nach Cluses, wo das Tal sich schließet und nur einen Ausgang läßt, wo die Arve aus dem Gebirge kommt und wir morgen hineingehen. Wir stiegen auf einen Berg und sahen unter uns die Stadt an einen Fels gegenüber mit der einen Seite angelehnt, die andere mehr in die Fläche des Tals hingebaut, das wir mit vergnügten Blicken durchliefen, und auf abgestürzten Granitstücken sitzend die Ankunft der Nacht, mit ruhigen und mannigfaltigen Gesprächen, erwarteten. Gegen sieben, als wir hinabstiegen, war es noch nicht kühler, als es im Sommer um neun Uhr zu sein pflegt. In einem schlechten Wirtshaus, bei muntern und willigen Leuten, an deren Patois man sich erlustigt, erschlafen wir nun den morgenden Tag, vor dessen Anbruch wir schon unsern Stab weiter setzen wollen.

Sallanches, den 4. November
mittags

Bis ein schlechtes Mittagessen von sehr willigen Händen wird bereitet sein, versuche ich das Merkwürdigste von heute früh aufzuschreiben. Mit Tagesanbruch gingen wir zu Fuße von Cluses ab, den Weg nach Balme. Angenehm frisch wars im Tal, das letzte Mondviertel ging vor der Sonne hell auf und erfreute uns, weil man es selten so zu sehen gewohnt ist. Leichte, einzelne Nebel stiegen aus den Felsritzen aufwärts, als wenn die Morgenluft junge Geister aufweckte, die Lust fühlten, ihre Brust der Sonne entgegen zu tragen und sie an ihren Blicken zu vergülden. Der obere Himmel war ganz rein, nur wenige durchleuchtete Wolkenstreifen zogen quer darüber hin. Balme ist ein elendes Dorf, unfern vom Weg, wo sich eine Felsschlucht wendet. Wir verlangten von den Leuten, daß sie uns zur Höhle führen sollten, von der der Ort seinen Ruf hat. Da sahen sich die Leute untereinander an und sagten einer zum andern: Nimm du die Leiter, ich will den Strick nehmen, kommt ihr Herrn nur mit. Diese wunderbare Einladung schreckte uns nicht ab, ihnen zu folgen. Zuerst ging der Stieg durch abgestürzte Kalkfelsenstücke hinauf, die durch die Zeit vor die steile Felswand aufgestufet worden und mit Hasel- und Buchenbüschen durchwachsen sind. Auf ihnen kommt man endlich an die Schicht der Felswand, wo man mühselig und leidig, auf der Leiter und Felsstufen, mit Hilfe übergebogener Nußbaumäste und daran befestigter Stricke, hinaufklettern muß;

dann steht man fröhlich in einem Portal, das in den Felsen eingewittert ist, übersieht das Tal und das Dorf unter sich. Wir bereiteten uns zum Eingang in die Höhle, zündeten Lichter an und luden eine Pistole, die wir losschießen wollten. Die Höhle ist ein langer Gang, meist ebenen Bodens, auf einer Schicht, bald zu einem, bald zu zwei Menschen breit, bald über Mannshöhe, dann wieder zum Bükken und auch zum Durchkriechen. Gegen die Mitte steigt eine Kluft aufwärts und bildet einen spitzigen Dom. In einer Ecke schiebt eine Kluft abwärts, wo wir immer gelassen siebzehn bis neunzehn gezählt haben, eh' ein Stein, mit verschiedentlich widerschallenden Sprüngen, endlich in die Tiefe kam. An den Wänden sintert ein Tropfstein, doch ist sie an den wenigsten Orten feucht, auch bilden sich lange nicht die reichen wunderbaren Figuren wie in der Baumannshöhle. Wir drangen so weit vor, als es die Wasser zuließen, schossen im Herausgehen die Pistole los, davon die Höhle mit einem starken dumpfen Klang erschüttert wurde und um uns wie eine Glocke summte. Wir brauchten eine starke Viertelstunde, wieder herauszugehen, machten uns die Felsen wieder hinunter, fanden unsern Wagen und fuhren weiter. Wir sahen einen schönen Wasserfall auf Staubbachs Art; er war weder sehr hoch noch sehr reich, doch sehr interessant, weil die Felsen um ihn wie eine runde Nische bilden, in der er herabstürzt, und weil die Kalkschichten an ihm, in sich selbst umgeschlagen, neue und ungewohnte Formen bilden. Bei hohem Sonnenschein kamen wir hier an, nicht hungrig genug, das Mittagessen, das aus einem aufgewärmten Fisch, Kuhfleisch und hartem Brot bestehet, gut zu finden. Von hier geht weiter ins Gebirg kein Fuhrweg für eine so stattliche Reisekutsche, wie wir haben; diese geht nach Genf zurück und ich nehme Abschied von Ihnen, um den Weg weiter fortzusetzen. Ein Maulesel mit dem Gepäck wird uns auf dem Fuße folgen.

Chamonix, den 4. November
abends gegen neun

Nur daß ich mit diesem Blatt Ihnen um so viel näher rücken kann, nehme ich die Feder; sonst wäre es besser, meine Geister ruhen zu lassen. Wir ließen Sallanches in einem schönen offnen Tale hinter uns, der Himmel hatte sich während unsrer Mittagsrast mit weißen Schäfchen überzogen, von denen ich hier eine besondere Anmerkung machen muß. Wir haben sie so schön und noch schöner an einem heitern Tag von den Berner Eisbergen aufsteigen sehen. Auch hier schien es uns wieder so, als wenn die Sonne die leisesten Ausdünstungen von den höchsten Schneegebirgen gegen sich aufzöge, und diese ganz feinen Dünste von einer leichten Luft, wie eine Schaumwolle, durch die Atmosphäre gekämmt würden. Ich erinnere mich, nie in den höchsten Sommertagen bei uns, wo dergleichen Lufterscheinungen auch vorkommen, etwas so Durchsichtiges, Leichtgewobenes gesehen zu haben. Schon sahen wir die Schneegebirge, von denen sie aufsteigen, vor uns, das Tal fing an zu stocken, die Arve schoß aus einer Felskluft hervor, wir mußten einen Berg hinan und wanden uns, die Schneegebirge rechts vor uns, immer höher. Abwechselnde Berge, alte Fichtenwälder zeigten sich uns rechts, teils in der Tiefe, teils in gleicher Höhe mit uns. Links über uns waren die Gipfel des Bergs kahl und spitzig. Wir fühlten, daß wir einem stärkern und mächtigern Satz von Bergen immer näher rückten. Wir kamen über ein breites trocknes Bett von Kieseln und Steinen, das die Wasserfluten die Länge des Berges hinab zerreißen und wieder füllen; von da in ein sehr angenehmes, rundgeschlossenes, flaches Tal, worin das Dörfchen Servoz liegt. Von da geht der Weg um einige sehr bunte Felsen, wieder gegen die Arve. Wenn man über sie weg ist, steigt man einen Berg hinan, die Massen werden hier immer größer, die Natur hat hier mit sachter Hand das Ungeheure zu bereiten angefangen. Es wurde dunkler, wir kamen dem Tale Chamonix näher und endlich darein. Nur die großen Massen waren uns sichtbar. Die Sterne gingen nacheinander auf und wir bemerkten über den Gipfeln der Berge, rechts vor uns, ein Licht, das wir nicht erklären konnten. Hell, ohne Glanz wie die Milchstraße, doch dichter, fast wie die Plejaden, nur größer, unterhielt es lange unsere Aufmerksamkeit, bis es endlich, da wir unsern Standpunkt änderten, wie eine Pyramide, von einem innern geheimnisvollen Lichte durchzogen, das dem Schein eines Johanniswurms am besten verglichen werden kann, über den Gipfeln aller Berge hervorragte und uns gewiß machte, daß es der Gipfel des Mont Blanc war. Es

war die Schönheit dieses Anblicks ganz außerordentlich; denn, da er mit den Sternen, die um ihn herum standen, zwar nicht in gleich raschem Licht, doch in einer breitern zusammenhängendern Masse leuchtete, so schien er den Augen zu einer höhern Sphäre zu gehören und man hatte Müh', in Gedanken seine Wurzeln wieder an die Erde zu befestigen. Vor ihm sahen wir eine Reihe von Schneegebirgen dämmernder auf den Rücken von schwarzen Fichtenbergen liegen und ungeheure Gletscher zwischen den schwarzen Wäldern herunter ins Tal steigen.
Meine Beschreibung fängt an, unordentlich und ängstlich zu werden; auch brauchte es eigentlich immer zwei Menschen, einen, der's sähe, und einen, der's beschriebe.
Wir sind hier in dem mittelsten Dorfe des Tals, Le Prieuré genannt, wohl logiert, in einem Hause, das eine Witwe, den vielen Fremden zu Ehren, vor einigen Jahren erbauen ließ. Wir sitzen am Kamin und lassen uns den Muskatellerwein, aus der Vallée d'Aosta, besser schmecken als die Fastenspeisen, die uns aufgetischt werden.

Den 5. November
abends

Es ist immer eine Resolution, als wie wenn man ins kalte Wasser soll, ehe ich die Feder nehmen mag zu schreiben. Hier hätt' ich nun gerade Lust, Sie auf die Beschreibung der Savoy'schen Eisgebirge, die Bourrit, ein passionierter Kletterer, herausgegeben hat, zu verweisen.

Erfrischt durch einige Gläser guten Weins und den Gedanken, daß diese Blätter eher als die Reisenden und Bourrits Buch bei Ihnen ankommen werden, will ich mein Möglichstes tun. Das Tal Chamonix, in dem wir uns befinden, liegt sehr hoch in den Gebirgen, ist etwa sechs bis sieben Stunden lang und gehet ziemlich von Mittag gegen Mitternacht. Der Charakter, der mir es vor andern auszeichnet, ist, daß es in seiner Mitte fast gar keine Fläche hat, sondern das Erdreich, wie eine Mulde, sich gleich von der Arve aus gegen die höchsten Gebirge anschmiegt. Der Mont Blanc und die Gebirge, die von ihm herabsteigen, die Eismassen, die diese ungeheuren Klüfte ausfüllen, machen die östliche Wand aus, an der die ganze Länge des Tals hin sieben Gletscher, einer größer als der andere, herunterkommen. Unsere Führer, die wir gedingt hatten, das Eismeer zu sehen, kamen beizeiten. Der eine ist ein rüstiger junger Bursche, der andre ein schon älterer und sich klug dünkender, der mit allen gelehrten Fremden Verkehr gehabt hat, von der Beschaffenheit der Eisberge sehr wohl unterrichtet und ein sehr tüchtiger Mann. Er versicherte uns, daß seit achtundzwanzig Jahren – so lange führ' er Fremde auf die Gebirge – er zum erstenmal so spät im Jahr, nach Allerheiligen, jemand hinaufbringe; und doch sollten wir alles ebensogut wie im August sehen. Wir stiegen, mit Speise und Wein gerüstet, den Montenvers hinan, wo uns der Anblick des Eismeers überraschen sollte. Ich würde es, um die Backen nicht so voll zu nehmen, eigentlich das Eistal oder den Eisstrom nennen: denn die ungeheuren Massen von Eis dringen aus einem tiefen Tal, von oben anzusehen, in ziemlicher Ebne hervor. Gerad hinten endigt ein spitzer Berg, von dessen beiden Seiten Eiswogen in den Hauptstrom hereinstarren. Es lag noch nicht der mindeste Schnee auf der zackigen Fläche und die blauen Spalten glänzten gar schön hervor. Das Wetter fing nach und nach an, sich zu überziehen, und ich sah wogige graue Wolken, die Schnee anzudeuten schienen, wie ich sie niemals gesehn. In der Gegend, wo wir standen, ist die kleine, von Steinen zusammengelegte Hütte für das Bedürfnis der Reisenden, zum Scherz das Schloß von Montenvers genannt. Monsieur Blaire, ein Engländer, der sich zu Genf aufhält, hat eine geräumigere an einem schicklichern Ort, etwas weiter hinauf, erbauen lassen, wo man am Feuer sitzend, zu einem Fenster hinaus, das ganze Eistal übersehen kann. Die Gipfel der Felsen gegenüber und auch in die Tiefe des Tals hin sind sehr spitzig ausgezackt. Es kommt daher, weil sie aus einer Gesteinart zusammengesetzt sind, deren Wände fast ganz perpendikular in die Erde einschießen. Wittert eine leichter aus, so bleibt die andere spitz in die Luft stehen. Solche Zacken werden Nadeln genennet und die Aiguille du Dru ist eine solche hohe merkwürdige Spitze, gerade dem Montenvers gegenüber. Wir wollten nunmehr auch das Eismeer betreten und diese ungeheuren Massen auf ihnen selbst beschauen. Wir stiegen den Berg hinunter und machten einige hundert Schritte auf den wogigen Kristallklippen herum. Es ist ein ganz trefflicher

Schweizer Berghütten

Anblick, wenn man, auf dem Eise selbst stehend, den oberwärts sich herabdrängenden und durch seltsame Spalten geschiedenen Massen entgegen sieht. Doch wollt' es uns nicht länger auf diesem schlüpfrigen Boden gefallen, wir waren weder mit Fußeisen noch mit beschlagenen Schuhen gerüstet; vielmehr hatten sich unsere Absätze durch den langen Marsch abgerundet und geglättet. Wir machten uns also wieder zu den Hütten hinauf und nach einigem Ausruhen zur Abreise fertig. Wir stiegen den Berg hinab und kamen an den Ort, wo der Eisstrom stufenweis bis hinunter ins Tal dringt, und traten in die Höhle, in der er sein Wasser ausgießt. Sie ist weit, tief, von dem schönsten Blau, und es steht sich sicherer im Grund als vorn an der Mündung, weil an ihr sich immer große Stücke Eis schmelzend ablösen. Wir nahmen unsern Weg nach dem Wirtshause zu, bei der Wohnung zweier Blondins vorbei: Kinder von zwölf bis vierzehn Jahren, die sehr weiße Haut, weiße, doch schroffe Haare, rote und bewegliche Augen wie die Kaninchen haben. Die tiefe Nacht, die im Tale liegt, lädt mich zeitig zu Bette, und ich habe kaum noch so viel Munterkeit, Ihnen zu sagen, daß wir einen jungen zahmen Steinbock gesehen haben, der sich unter den Ziegen ausnimmt wie der natürliche Sohn eines großen Herrn, dessen Erziehung in der Stille einer bürgerlichen Familie aufgetragen ist. Von unsern Diskursen geht's nicht an, daß ich etwas außer der Reihe mitteile. An Graniten, Gneisen, Lerchen- und Zirbelbäumen finden Sie auch keine große Erbauung; doch sollen

Sie ehestens merkwürdige Früchte von unserm Botanisieren zu sehen kriegen. Ich bilde mir ein, sehr schlaftrunken zu sein und kann nicht eine Zeile weiter schreiben.

Chamonix, den 6. November
früh

Zufrieden mit dem, was uns die Jahrszeit hier zu sehen erlaubte, sind wir reisefertig, noch heute ins Wallis durchzudringen. Das ganze Tal ist über und über bis an die Hälfte der Berge mit Nebel bedeckt, und wir müssen erwarten, was Sonne und Wind zu unserem Vorteil tun werden. Unser Führer schlägt uns einen Weg über den Col de Balme vor: ein hoher Berg, der an der nördlichen Seite des Tals gegen Wallis zu liegt, auf dem wir, wenn wir glücklich sind, das Tal Chamonix, mit seinen meisten Merkwürdigkeiten, noch auf einmal von der Höhe übersehen können. Indem ich dieses schreibe, geschieht an dem Himmel eine herrliche Erscheinung: Die Nebel, die sich bewegen und sich an einigen Orten brechen, lassen wie durch Tagelöcher den blauen Himmel sehen und zugleich die Gipfel der Berge, die oben, über unsrer Dunstdecke, von der Morgensonne beschienen werden. Auch ohne die Hoffnung eines schönen Tags ist dieser Anblick dem Aug' eine rechte Weide. Erst jetzo hat man einiges Maß für die Höhe der Berge. Erst in einer ziemlichen Höhe vom Tal auf streichen die Nebel an dem Berg hin, hohe Wolken steigen von da auf, und alsdann sieht man noch über ihnen die Gipfel der

Berge in der Verklärung schimmern. Es wird Zeit! Ich nehme zugleich von diesem geliebten Tal und von Ihnen Abschied.

Martigny im Wallis, den 6. November
abends

Glücklich sind wir herübergekommen, und so wäre auch dieses Abenteuer bestanden. Die Freude über unser gutes Schicksal wird mir noch eine halbe Stunde die Feder lebendig erhalten.

Unser Gepäck auf ein Maultier geladen, zogen wir heute früh gegen neune von Prieuré aus. Die Wolken wechselten, daß die Gipfel der Berge bald erschienen, bald verschwanden, bald die Sonne streifweis' ins Tal dringen konnte, bald die Gegend wieder verdeckt wurde. Wir gingen das Tal hinauf, den Ausguß des Eistals vorbei, ferner den Glacier d'Argentière hin, den höchsten von allen, dessen oberster Gipfel uns aber von Wolken bedeckt war. In der Gegend wurde Rat gehalten, ob wir den Stieg über den Col de Balme unternehmen und den Weg über Vallorcine verlassen wollten. Der Anschein war nicht der vorteilhafteste; doch da hier nichts zu verlieren und viel zu gewinnen war, traten wir unsern Weg keck gegen die dunkle Nebel- und Wolkenregion an. Als wir gegen den Glacier du Tour kamen, rissen sich die Wolken auseinander, und wir sahen auch diesen schönen Gletscher in völligem Lichte. Wir setzten uns nieder, tranken eine Flasche Wein aus und aßen etwas weniges. Wir stiegen nunmehr immer den Quellen der Arve auf rauhern Matten und schlecht berasten Flecken entgegen und kamen dem Nebelkreis immer näher, bis er uns endlich völlig aufnahm. Wir stiegen eine Weile geduldig fort, als es auf einmal, indem wir aufschritten, wieder über unsern Häuptern helle zu werden anfing. Kurze Zeit dauerte es, so traten wir aus den Wolken heraus, sahen sie in ihrer ganzen Last unter uns auf dem Tale liegen, und konnten die Berge, die es rechts und links einschließen, außer dem Gipfel des Mont Blanc, der mit Wolken bedeckt war, sehen, deuten und mit Namen nennen. Wir sahen einige Gletscher von ihren Höhen bis zu der Wolkentiefe herabsteigen, von andern sahen wir nur die Plätze, indem uns die Eismassen durch die Bergschrunden verdeckt wurden. Über die ganze Wolkenfläche sahen wir, außerhalb dem mittägigen Ende des Tales, ferne Berge im Sonnenschein. Was soll ich Ihnen die Namen von den Gipfeln, Spitzen, Nadeln, Eis- und Schneemassen vorerzählen, die Ihnen doch kein Bild, weder vom Ganzen noch vom Einzelnen, in die Seele bringen. Merkwürdiger ist's, wie die Geister der Luft sich unter uns zu streiten schienen. Kaum hatten wir eine Weile gestanden und uns an der großen Aussicht ergötzt, so schien eine feindselige Gärung in dem Nebel zu entstehen, der auf einmal aufwärts strich, und uns aufs neue einzuwickeln drohte. Wir stiegen stärker den Berg hinan, ihm nochmals zu entgehn, allein er überflügelte uns und hüllte uns ein. Wir stiegen immer frisch aufwärts, und bald kam uns ein Gegenwind vom Berge selbst zu Hilfe, der durch den Sattel, der zwei Gipfel verbindet, hereinstrich und den Nebel wieder ins Tal zurücktrieb. Dieser wundersame Streit wiederholte sich öfter, und wir langten endlich glücklich auf dem Col de Balme an. Es war ein seltsamer, eigener Anblick. Der höchste Himmel über den Gipfeln der Berge war überzogen, unter uns sahen wir durch den manchmal zerrissenen Nebel ins ganze Tal Chamonix, und zwischen diesen beiden Wolkenschichten waren die Gipfel der Berge alle sichtbar. Auf der Ostseite waren wir von schroffen Gebirgen eingeschlossen, auf der Abendseite sahen wir in ungeheure Täler, wo doch auf einigen Matten sich menschliche Wohnungen zeigten. Vorwärts lag uns das Wallistal, wo man mit einem Blick bis Martigny und weiter hinein mannigfaltig übereinander geschlungene Berge sehen konnte. Auf allen Seiten von Gebirgen umschlossen, die sich weiter gegen den Horizont immer zu vermehren und aufzutürmen schienen, so standen wir auf der Grenze von Savoyen und Wallis. Einige Contrebandiers kamen mit Mauleseln den Berg herauf und erschraken vor uns, da sie an dem Platz jetzo niemand vermuteten. Sie taten einen Schuß, als ob sie sagen wollten: Damit ihr seht, daß sie geladen sind, und einer ging voraus, um uns zu rekognoszieren. Da er unsern Führer erkannte und unsere harmlosen Figuren sah, rückten die andern auch näher, und wir zogen mit wechselseitigen Glückwünschen aneinander vorbei. Der Wind ging scharf und es fing ein wenig an zu schneien. Nunmehr ging es einen sehr rauhen und wilden Stieg abwärts, durch einen alten Fichtenwald, der sich auf Felsplatten von Gneis eingewurzelt hatte. Vom Wind übereinandergerissen verfaulten hier die Stämme mit ihren Wurzeln, und die zugleich losgebrochenen Felsen lagen schroff durcheinander. Endlich kamen wir ins Tal, wo der Trientfluß aus einem Gletscher entspringt, ließen das Dörfchen Trient ganz nahe rechts liegen und folgten dem Tale durch einen ziemlich unbequemen Weg, bis wir endlich gegen sechse hier in Martigny auf flachem Wallisboden angekommen sind, wo wir uns zu weitern Unternehmungen ausruhen wollen.

Martigny, den 6. November
abends

Wie unsre Reise ununterbrochen fortgeht, knüpft sich auch ein Blatt meiner Unterhaltung mit Ihnen ans andre, und kaum hab' ich das Ende unserer Savoyer Wanderungen gestaltet und beiseite gelegt, nehm' ich schon wieder ein andres Papier, um Sie mit dem bekannt zu machen, was wir zunächst vorhaben.

Zu Nacht sind wir in ein Land getreten, nach welchem unsre Neugier schon lange gespannt ist. Noch haben wir nichts als die Gipfel der Berge, die das Tal von beiden Seiten einschließen, in der Abenddämmerung gesehen. Wir sind im Wirtshause untergekrochen, sehen zum Fenster hinaus die Wolken wechseln, es ist uns so heimlich und so wohl, daß wir ein Dach haben, als Kindern, die sich aus Stühlen, Tischblättern und Teppichen eine Hütte am Ofen machen und sich darin bereden, es regne und schneie draußen, um angenehme eingebildete Schauer in ihren kleinen Seelen in Bewegung zu bringen. So sind wir in der Herbstnacht in einem fremden unbekannten Lande. Aus der Karte wissen wir, daß wir in dem Winkel eines Ellenbogens sitzen, von wo aus der kleinere Teil des Wallis, ungefähr von Mittag gegen Mitternacht, die Rhône hinunter sich an den Genfer See anschließt, der andere aber und längste, von Abend gegen Morgen, die Rhône hinauf bis an ihren Ursprung, die Furka, streicht. Das Wallis selbst zu durchreisen macht uns eine angenehme Aussicht; nur wie wir oben hinauskommen werden, erregt einige Sorge. Zuvörderst ist festgesetzt, daß wir, um den untern Teil zu sehen, morgen bis St. Maurice gehen, wo der Freund, der mit den Pferden durch das Pays de Vaud gegangen, eingetroffen sein wird. Morgen abend gedenken wir wieder hier zu sein, und übermorgen soll es das Land hinauf. Wenn es nach dem Rat des Herrn de Saussure geht, so machen wir den Weg bis an die Furka zu Pferde, sodann wieder bis Brig zurück über den Simplonberg, wo bei jeder Witterung eine gute Passage ist, über Domodossola, den Lago Maggiore, über Bellinzona, und dann den Gotthard hinauf. Der Weg soll gut und durchaus für Pferde praktikabel sein. Am liebsten gingen wir über die Furka auf den Gotthard, der Kürze wegen und weil der Schwanz durch die italienischen Provinzen von Anfang an nicht in unserm Plane war; allein, wo mit den Pferden hin, die sich nicht über die Furka schleppen lassen, wo vielleicht gar schon Fußgängern der Weg durch Schnee versperrt ist. Wir sind darüber ganz ruhig und hoffen von Augenblick zu Augenblick wie bisher von den Umständen selbst guten Rat zu nehmen. Merkwürdig ist in diesem Wirtshause eine Magd, die bei einer großen Dummheit alle Manieren eines sich empfindsam zierenden deutschen Fräuleins hat. Es gab ein großes Gelächter, als wir uns die müden Füße mit rotem Wein und Kleien, auf Anraten unsers Führers, badeten und sie von dieser annehmlichen Dirne abtrocknen ließen.

nach Tische

Am Essen haben wir uns nicht sehr erholt und hoffen, daß der Schlaf besser schmecken soll.

Den 7., St. Maurice
gegen Mittag

Unterweges ist es meine Art, die schönen Gegenden zu genießen, daß ich mir meine abwesenden Freunde wechselsweise herbeirufe, und mich mit ihnen über die herrlichen Gegenstände unterhalte. Komm' ich in ein Wirtshaus, so ist ausruhen, mich rückerinnern und an Sie schreiben eins, wenn schon manchmal die allzusehr ausgespannte Seele lieber in sich selbst zusammenfiele und mit einem halben Schlaf sich erholte. Heute früh gingen wir in der Dämmerung von Martigny weg; ein frischer Nordwind ward mit dem Tage lebendig, wir kamen an einem alten Schlosse vorbei, das auf der Ecke steht, wo die beiden Arme des Wallis ein Y machen. Das Tal ist eng und wird auf beiden Seiten von mannigfaltigen Bergen beschlossen, die wieder zusammen von eigenem, erhaben lieblichem Charakter sind. Wir kamen dahin, wo der Trientstrom um enge und gerade Felsenwände herum in das Tal dringt, daß man zweifelhaft ist, ob er nicht unter den Felsen hervorkomme. Gleich dabei steht die alte, vorm Jahr durch den Fluß beschädigte Brücke, unweit welcher ungeheure Felsstücke vor kurzer Zeit vom Gebirge herab die Landstraße verschüttet haben. Diese Gruppe zusammen würde ein außerordentlich schönes Bild machen. Nicht weit davon hat man eine neue hölzerne Brücke gebaut und ein ander Stück Landstraße eingeleitet. Wir wußten, daß wir uns dem berühmten Wasserfall der Pissevache näherten, und wünschten einen Sonnenblick, wozu uns die wechselnden Wolken einige Hoffnung machten. An dem Wege betrachteten wir die vielen Granit- und Gneisstücke, die bei ihrer Verschiedenheit doch alle eines Ursprungs zu sein schienen. Endlich traten wir vor den Wasserfall, der seinen Ruhm vor vielen andern verdient. In ziemlicher Höhe schießt aus einer engen Felskluft ein starker Bach flammend herunter in ein Becken, wo er in Staub und Schaum sich weit und breit im Wind herumtreibt. Die Sonne trat hervor und machte den Anblick doppelt lebendig. Unten im Wasserstaube hat man einen Regenbogen hin und wieder, wie man geht, ganz nahe vor sich. Tritt man weiter hinauf, so sieht man noch eine schönere Erscheinung. Die luftigen schäumenden Wellen des obern Strahls, wenn sie gischend und flüchtig die Linien berühren, wo in unsern Augen der Regenbogen entstehet, färben sich flammend, ohne daß die aneinanderhängende Gestalt eines Bogens erschiene; und so ist an dem Platze immer eine wechselnde feurige Bewegung. Wir kletterten dran herum, setzten uns dabei nieder und wünschten ganze Tage und gute Stunden des Lebens dabei zubringen zu können. Auch hier wieder, wie so oft auf dieser Reise, fühlten wir, daß große Gegenstände im Vorübergehen gar nicht empfunden und genossen werden können. Wir kamen in ein Dorf, wo lustige Soldaten waren, und tranken daselbst neuen Wein, den man uns gestern auch schon vorgesetzt hatte. Er sieht aus wie Seifenwasser, doch mag ich ihn lieber trinken als ihren sauren jährigen und zweijährigen. Wenn man durstig ist, bekommt alles wohl. Wir sahen St. Maurice von weitem, wie es just an einem Platze liegt, wo das Tal sich zu einem Passe zusammendrückt. Links über der Stadt sahen wir an einer Felsenwand eine kleine Kirche mit einer Einsiedelei angeflickt, wo wir noch hinaufzusteigen denken. Hier im Wirtshaus fanden wir ein Billet vom Freunde, der zu Bex, drei Viertelstunden von hier, geblieben ist. Wir haben ihm einen Boten geschickt. Der Graf ist spazierengegangen, vorwärts die Gegend noch zu sehen; ich will einen Bissen essen und alsdann auch nach der berühmten Brücke und dem Paß zu gehn.

Ich bin wieder zurück von dem Fleckchen, wo man tagelang sitzen, zeichnen, herumschleichen, und ohne müde zu werden sich mit sich selbst unterhalten könnte. Wenn ich jemanden einen Weg ins Wallis raten sollte, so wär' es dieser vom Genfer See die Rhône herauf. Ich bin auf dem Weg nach Bex zu über die große Brücke gegangen, wo man gleich ins Berner Gebiet eintritt. Die Rhône fließt dort hinunter und das Tal wird nach dem See zu etwas weiter. Wie ich mich umkehrte, sah ich die Felsen sich bei St. Maurice zusammendrücken, und über die Rhône, die unten durchrauscht, in einem hohen Bogen eine schmale leichte Brücke kühn hinübergesprengt. Die mannigfaltigen Erker und Türme einer Burg schließen drüben gleich an, und mit einem einzigen Tore ist der Eingang ins Wallis gesperrt. Ich ging über die Brücke nach St. Maurice zurück, suchte noch vorher einen Gesichtspunkt, den ich bei Hubern gezeichnet gesehn habe und auch ungefähr fand.

Der Graf ist wiedergekommen, er war den Pferden entgegengegangen und hat sich auf seinem Braunen vorausgemacht. Er sagt, die Brücke sei so schön und leicht gebaut, daß es aussehe, als wenn ein Pferd flüchtig über einen Graben setzt. Der Freund kommt auch an, zufrieden von seiner Reise. Er hat den Weg am Genfer See her bis Bex in wenigen Tagen zurückgelegt, und es ist eine allgemeine Freude, sich wiederzusehen.

Martigny
gegen neun

Wir sind tief in die Nacht geritten, und der Herweg hat uns länger geschienen als der Hinweg, wo wir von einem Gegenstand zu dem andern gelockt worden sind. Auch habe ich aller Beschreibungen und Reflexionen für heute herzlich satt, doch will ich zwei schöne noch geschwind in der Erinnerung festsetzen. An der Pissevache kamen wir in tiefer Dämmerung wieder vorbei. Die Berge, das Tal und selbst der Himmel waren dunkel und dämmernd. Graulich und mit stillem Rauschen sah man den herabschießenden Strom von allen andern Gegenständen sich unterscheiden, man bemerkte fast gar keine Bewegung. Es war immer dunkler geworden. Auf einmal sahen wir den Gipfel einer sehr hohen Klippe, völlig wie geschmolzen Erz im Ofen, glühen und roten Dampf davon aufsteigen. Dieses sonderbare Phänomen wirkte die Abendsonne, die den Schnee und den davon aufsteigenden Nebel erleuchtete.

Sion, den 8. November
nach drei Uhr

Wir haben heute früh einen Fehlritt getan und uns wenigstens um drei Stunden versäumet. Wir ritten vor Tag von Martigny weg, um beizeiten in Sion zu sein. Das Wetter war außerordentlich schön, nur daß die Sonne, wegen ihres niedern Standes, von den Bergen gehindert war, den Weg, den wir ritten, zu bescheinen; und der Anblick des wunderschönen Wallistals machte manchen guten und muntern Gedanken rege. Wir waren schon drei Stunden die Landstraße hinan, die Rhône uns linker Hand, geritten; wir sahen Sion vor uns liegen und freuten uns auf das bald zu veranstaltende Mittagessen, als wir die Brücke, die wir zu passieren hatten, abgetragen fanden. Es blieb uns, nach Angabe der Leute, die dabei beschäftigt waren, nichts übrig, als entweder einen kleinen Fußpfad, der an den Felsen hinging, zu wählen, oder eine Stunde wieder zurückzureiten und alsdann über einige andere Brücken der Rhône zu gehen. Wir wählten das letzte und ließen uns von keinem üblen Humor anfechten, sondern schrieben diesen Unfall wieder auf Rechnung eines guten Geistes, der uns bei der schönsten Tagszeit durch ein so interessantes Land spazierenführen wollte. Die Rhône macht überhaupt in diesem engen Lande böse Händel. Wir mußten, um zu den andern Brücken zu kommen, über anderthalb Stunden durch die sandigen Flecke reiten, die sie durch Überschwemmungen sehr oft zu verändern pflegt, und die nur zu Erlen und Weidengebüschen zu benutzen sind. Endlich kamen wir an die Brükken, die sehr bös, schwankend, lang und von falschen Klüppeln zusammengesetzt sind. Wir mußten einzeln unsere Pferde, nicht ohne Sorge, darüber führen. Nun ging es an der linken Seite des Wallis wieder nach Sion zu. Der Weg an sich war meistenteils schlecht und steinig, doch zeigte uns jeder Schritt eine Landschaft, die eines Gemäldes wert gewesen wäre. Besonders führte er uns auf ein Schloß hinauf, wo herunter sich eine der schönsten Aussichten zeigte, die ich auf dem ganzen Wege gesehen habe. Die nächsten Berge schossen auf beiden Seiten mit ihren Lagen in die Erde ein, und verjüngten durch ihre Gestalt die Gegend gleichsam perspektivisch. Die ganze Breite des Wallis von Berg zu Berg lag bequem anzusehen unter uns; die Rhône kam, mit ihren mannigfaltigen Krümmen und Buschwerken, bei Dörfern, Wiesen und angebauten Hügeln vorbeigeflossen; in der Entfernung sah man die Burg von Sion und die verschiedenen Hügel, die sich dahinter zu erheben anfingen; die letzte Gegend ward wie mit einem Amphitheaterbogen durch eine Reihe von Schneegebirgen geschlossen, die wie das übrige Ganze von der hohen Mittagssonne erleuchtet standen. So unangenehm und steinig der Weg war, den wir zu reiten hatten, so erfreulich fanden wir die noch ziemlich grünen Reblauben, die ihn bedeckten. Die Einwohner, denen jedes Fleckchen Erdreich kostbar ist, pflanzen ihre Weinstöcke gleich an ihre Mauern, die ihre Güter von dem Wege scheiden; sie wachsen zu außerordentlicher Dicke und werden vermittelst Pfählen und Latten über den Weg gezogen, so daß er fast eine aneinanderhangende Laube bildet. In dem untern Teil war meistens Wiesewachs, doch fanden wir auch, da wir uns Sion näherten, einigen Feldbau. Gegen diese Stadt zu wird die Gegend durch wechselnde Hügel außerordentlich mannigfaltig, und man wünschte, eine längere Zeit des Aufenthalts genießen zu können. Doch unterbricht die Häßlichkeit der Städte und der Menschen die angenehmen Empfindungen, welche die Landschaft erregt, gar sehr. Die scheußlichen Kröpfe haben mich ganz und gar üblen Humors gemacht. Unsern Pferden dürfen wir wohl heute nichts mehr zumuten, und denken, deswegen zu Fuße nach Sierre zu gehen. Hier in Sion ist das Wirtshaus abscheulich, und die Stadt hat ein widriges, schwarzes Ansehn.

Sierre, den 8. November
nachts

Da wir bei einbrechendem Abend erst von Sion weggegangen, sind wir bei Nacht unter einem hellen Sternhimmel hier angekommen. Wir haben einige schöne Aussichten darüber verloren, merk' ich wohl. Besonders wünschten wir das Schloß Tourbillon, das bei Sion liegt, erstiegen zu haben; es muß von da aus eine ganz ungemein schöne Aussicht sein. Ein Bote, den wir mitnahmen, brachte uns glücklich durch einige böse Flecke, wo das Wasser ausgetreten war. Bald erreichten wir die Höhe und hatten die Rhône immer rechts unter uns. Mit verschiedenen astronomischen Gesprächen verkürzten wir den Weg und sind bei guten Leuten, die ihr Bestes tun werden, uns zu bewirten, eingekehret. Wenn man zurückdenkt, kommt einem so ein durchlebter Tag, wegen der mancherlei Gegenstände, fast wie eine Woche vor. Es fängt mir an, recht leid zu tun, daß ich nicht Zeit und Geschick habe, die merkwürdigsten Gegenden auch nur linienweise zu zeichnen; es ist immer besser als alle Beschreibungen für einen Abwesenden.

Sierre, den 9.

Noch ehe wir aufbrechen, kann ich Ihnen einen guten Morgen bieten. Der Graf wird mit mir links ins Gebirg nach dem Leukerbad zu gehen, der Freund indessen die Pferde hier erwarten und uns morgen in Leuk wieder antreffen.

Leukerbad, den 9.
am Fuß des Gemmiberges

In einem kleinen bretternen Haus, wo wir von sehr braven Leuten gar freundlich aufgenommen worden, sitzen wir in einer schmalen und niedrigen Stube, und ich will sehen, wieviel von unserer heutigen, sehr interessanten Tour durch Worte mitzuteilen ist. Von Sierre stiegen wir heute früh drei Stunden lang einen Berg herauf, nachdem wir vorher große Verwüstungen der Bergwasser unterwegs angetroffen hatten. Es reißt ein solcher schnell entstehender Strom auf Stunden weit alles zusammen, überführt mit Steinen und Kies Felder, Wiesen und Gärten, die denn nach und nach kümmerlich, wenn es allenfalls noch möglich ist, von den Leuten wiederhergestellt und nach ein paar Generationen vielleicht wieder verschüttet werden. Wir hatten einen grauen Tag mit abwechselnden Sonnenblicken. Es ist nicht zu beschreiben, wie mannigfaltig auch hier das Wallis wieder wird; mit jedem Augenblick biegt und verändert sich die Landschaft. Es scheint alles sehr nah beisammen zu liegen, und man ist doch durch große Schluchten und Berge getrennt. Wir hatten bisher noch meist das offene Wallistal rechts neben uns gehabt, als sich auf einmal ein schöner Anblick ins Gebirg' vor uns auftat.

Ich muß, um anschaulicher zu machen, was ich beschreiben will, etwas von der geographischen Lage der Gegend, wo wir uns befinden, sagen. Wir waren nun schon drei Stunden auswärts in das ungeheure Gebirg' gestiegen, das Wallis von Bern trennet. Es ist eben der Stock von Bergen, der in einem fort vom Genfer See bis auf den Gotthard läuft, und auf dem sich in dem Berner Gebiet die großen Eis- und Schneemassen eingenistet haben. Hier sind *oben* und *unten* relative Worte des Augenblicks. Ich sage, unter mir auf einer Fläche liegt ein Dorf, und eben diese Fläche liegt vielleicht wieder an einem Abgrund, der viel höher ist als mein Verhältnis zu ihr. Wir sahen, als wir um eine Ecke herumkamen und bei einem Heiligenstock ausruhten, unter uns, am Ende einer schönen grünen Matte, die an einem ungeheuren Felsschlund herging, das Dorf Inden mit einer weißen Kirche ganz am Hange des Felsens in der Mitte von der Landschaft liegen. Über der Schlucht drüben gingen wieder Matten und Tannenwälder aufwärts, gleich hinter dem Dorfe stieg eine große Kluft von Felsen in die Höhe, die Berge von der linken Seite schlossen sich bis zu uns an, die von der rechten setzten auch ihre Rücken weiter fort, so daß das Dörfchen mit seiner weißen Kirche gleichsam wie im Brennpunkt von so viel zusammenlaufenden Felsen und Klüften dastand. Der Weg nach Inden ist in die steile Felswand gehauen, die dieses Amphitheater von der linken Seite, im Hingehen gerechnet, einschließt. Es ist dieses kein gefährlicher, aber doch sehr fürchterlich aussehender Weg. Er geht auf den Lagen einer schroffen Felswand hinunter, an der rechten Seite mit einer geringen Planke von dem Abgrunde gesondert. Ein Kerl, der mit einem Maulesel neben uns hinabstieg, faßte sein Tier, wenn es an gefährliche Stellen kam, beim Schweife, um ihm einige Hilfe zu geben, wenn es gar zu steil vor sich hinunter in den Felsen hinein mußte. Endlich kamen wir in Inden an, und da unser Bote wohl bekannt war, so fiel es uns leicht, von einer willigen Frau ein gut Glas roten Wein und Brot zu erhalten, da sie eigentlich in dieser Gegend keine Wirtshäuser haben. Nun ging es die hohe Schlucht hinter Inden hinauf, wo wir denn bald den so schrecklich beschriebenen Gemmiberg vor uns sahen, und das Leukerbad an seinem Fuß, zwischen andern hohen, unwegsamen und mit Schnee bedeckten Gebirgen, gleichsam wie in einer hohlen Hand liegen fanden. Es war gegen drei als wir ankamen; unser Führer schaffte uns bald Quartier. Es ist zwar kein Gasthof hier, aber alle Leute sind so ziemlich, wegen der vielen Badegäste, die hieher kommen, eingerichtet. Unsere Wirtin liegt seit gestern in den Wochen, und ihr Mann macht mit einer alten Mutter und der Magd ganz artig die Ehre des Hauses. Wir bestellten etwas zu essen und ließen uns die warmen Quellen zeigen, die an verschiedenen Orten sehr stark aus der Erde hervorkommen und reinlich eingefaßt sind. Außer dem Dorfe, gegen das Gebirg' zu, sollen noch einige stärkere sein. Es hat dieses

Wasser nicht den mindesten schwefeligen Geruch, setzt, wo es quillt und wo es durchfließt, nicht den mindesten Ocker noch sonst irgend etwas Mineralisches oder Irdisches an, sondern läßt wie ein anderes reines Wasser keine Spur zurück. Es ist, wenn es aus der Erde kommt, sehr heiß und wegen seiner guten Kräfte berühmt. Wir hatten noch Zeit zu einem Spaziergang gegen den Fuß des Gemmi, der uns ganz nah zu liegen schien. Ich muß hier wieder bemerken, was schon so oft vorgekommen, daß, wenn man mit Gebirgen umschlossen ist, einem alle Gegenstände so außerordentlich nahe scheinen. Wir hatten eine starke Stunde über heruntergestürzte Felsstücke und dazwischengeschwemmten Kies hinaufzusteigen, bis wir uns an dem Fuß des ungeheuren Gemmibergs, wo der Weg an steilen Klippen aufwärts gehet, befanden. Es ist dies der Übergang ins Berner Gebiet, wo alle Kranken sich müssen in Sänften heruntertragen lassen. Hieß' uns die Jahrszeit nicht eilen, so würde wahrscheinlicherweise morgen ein Versuch gemacht werden, diesen so merkwürdigen Berg zu besteigen: So aber werden wir uns mit der bloßen Ansicht für diesmal begnügen müssen. Wie wir zurückgingen, sahen wir dem Gebräude der Wolken zu, das in der jetzigen Jahrszeit in diesen Gegenden äußerst interessant ist. Über das schöne Wetter haben wir bisher ganz vergessen, daß wir im November leben; es ist auch, wie man uns im Bern'schen voraussagte, hier der Herbst sehr gefällig. Die frühen Abende und Schnee verkündende Wolken erinnern uns aber doch manchmal, daß wir tief in der Jahrszeit sind. Das wunderbare Wehen, das sie heute Abend verführten, war außerordentlich schön. Als wir vom Fuß des Gemmiberges zurückkamen, sahen wir, aus der Schlucht von Inden herauf, leichte Nebelwolken sich mit großer Schnelligkeit bewegen. Sie wechselten bald rückwärts, bald vorwärts, und kamen endlich aufsteigend dem Leukerbad so nah, daß wir wohl sahen, wir mußten unsere Schritte verdoppeln, um bei hereinbrechender Nacht nicht in Wolken eingewickelt zu werden. Wir kamen auch glücklich zu Hause an, und während ich dieses hinschreibe, legen sich wirklich die Wolken ganz ernstlich in einen kleinen artigen Schnee auseinander. Es ist dieser der erste, den wir haben, und, wenn wir auf unsere gestrige warme Reise von Martigny nach Sion, auf die noch ziemlich belaubten Rebengeländer zurückdenken, eine sehr schnelle Abwechslung. Ich bin in die Türe getreten, ich habe dem Wesen der Wolken eine Weile zugesehen, das über alle Beschreibung schön ist. Eigentlich ist es noch nicht Nacht, aber sie verhüllen abwechselnd den Himmel und machen dunkel. Aus den tiefen Felsschluchten steigen sie herauf, bis sie an die höchsten Gipfel der Berge reichen; von diesen angezogen scheinen sie sich zu verdicken und von der Kälte gepackt in Gestalt des Schnees niederzufallen. Es ist eine unaussprechliche Einsamkeit hier oben, in so großer Höhe doch noch wie in einem Brunnen zu sein, wo man nur vorwärts durch die Abgründe einen Fußpfad hinaus vermutet. Die Wolken, die sich hier in diesem Sacke stoßen, die ungeheuren Felsen bald zudecken und in eine undurchdringliche öde Dämmerung verschlingen, bald Teile davon wieder als Gespenster sehen lassen, geben dem Zustand ein trauriges Leben. Man ist voller Ahnung bei diesen Wirkungen der Natur. Die Wolken, eine dem Menschen von Jugend auf so merkwürdige Lufterscheinung, ist man in dem platten Lande doch nur als etwas Fremdes, Überirdisches anzusehen gewohnt. Man betrachtet sie nur als Gäste, als Streichvögel, die, unter einem andern Himmel geboren, von dieser oder jener Gegend bei uns augenblicklich vorbeigezogen kommen; als prächtige Teppiche, womit die Götter ihre Herrlichkeit vor unsern Augen verschließen. Hier aber ist man von ihnen selbst wie sie sich erzeugen eingehüllt, und die ewige innerliche Kraft der Natur fühlt man sich ahnungsvoll durch jede Nerve bewegen.

Auf die Nebel, die bei uns eben diese Wirkungen hervorbringen, gibt man weniger acht; auch weil sie uns weniger vors Auge gedrängt sind, ist ihre Wirtschaft schwerer zu beobachten. Bei allen diesen Gegenständen wünscht man nur länger sich verweilen und an solchen Orten mehrere Tage zubringen zu können; ja ist man ein Liebhaber von dergleichen Betrachtungen, so wird der Wunsch immer lebhafter, wenn man bedenkt, daß jede Jahrszeit, Tagszeit und Witterung neue Erscheinungen, die man gar nicht erwartet, hervorbringen muß. Und wie in jedem Menschen, auch selbst dem gemeinen, sonderbare Spuren übrigbleiben, wenn er bei großen ungewöhnlichen Handlungen etwa einmal gegenwärtig gewesen ist; wie er sich von diesem einen Flecke gleichsam größer fühlt, unermüdlich eben dasselbe erzählend wiederholt, und so, auf jene Weise, einen Schatz für sein ganzes Leben gewonnen hat: So ist es auch dem Menschen, der solche große Gegenstände der Natur gesehen und mit ihnen vertraut geworden ist. Er hat, wenn er diese Eindrücke zu bewahren, sie mit andern Empfindungen und Gedanken, die in ihm entstehen, zu verbinden weiß, gewiß einen Vorrat von Gewürz, womit er den unschmackhaften Teil des Lebens verbessern und seinem ganzen Wesen einen durchziehenden guten Geschmack geben kann.

Ich bemerke, daß ich in meinem Schreiben der Menschen wenig erwähne; sie sind auch unter diesen großen Gegenständen der Natur, besonders im Vorbeigehen, minder merkwürdig. Ich zweifle nicht, daß man bei längerm Aufenthalt gar interessante und gute Leute finden würde. Eins glaub' ich überall zu bemerken: Je weiter man von der Landstraße und dem größern Gewerbe der Menschen abkommt, je mehr in den Gebirgen die Menschen beschränkt, abgeschnitten und auf die allerersten Bedürfnisse des Lebens zurückgewiesen sind, je mehr sie sich von einem einfachen, langsamen, unveränderlichen Erwerbe nähren, desto besser, willfähriger, freundlicher, uneigennütziger, gastfreier bei ihrer Armut hab' ich sie gefunden.

Leukerbad, den 10. November

Wir machen uns bei Licht zurechte, um mit Tagesanbruch wieder hinunterzugehen. Diese Nacht habe ich ziemlich unruhig zugebracht. Ich lag kaum im Bette, so kam mir vor, als wenn ich über und über mit einer Nesselsucht befallen wäre; doch merkte ich bald, daß es ein großes Heer hüpfender Insekten war, die den neuen Ankömmling blutdürstig überfielen. Diese Tiere erzeugen sich in den hölzernen Häusern in großer Menge. Die Nacht ward mir sehr lang und ich war zufrieden, als man uns den Morgen Licht brachte.

Leuk
gegen 10 Uhr

Wir haben nicht viel Zeit, doch will ich, eh' wir hier weggehen, die merkwürdige Trennung unserer Gesellschaft melden, die hier vorgegangen ist, und was sie veranlaßt hat. Wir gingen mit Tagesanbruch heute von Leukerbad aus, und hatten im frischen Schnee einen schlüpfrigen Weg über die Matten zu machen. Wir kamen bald nach Inden, wo wir dann den steilen Weg, den wir gestern herunterkamen, zur Rechten über uns ließen, und auf der Matte nach der Schlucht, die uns nunmehr links lag, hinabstiegen. Es ist diese wild und mit Bäumen verwachsen, doch geht ein ganz leidlicher Weg hinunter. Durch diese Felsklüfte hat das Wasser, das vom Leukerbad kommt, seine Abflüsse ins Wallistal. Wir sahen in der Höhe an der Seite des Felsens, den wir gestern heruntergekommen waren, eine Wasserleitung gar künstlich eingehauen, wodurch ein Bach erst daran her, dann durch eine Höhle, aus dem Gebirge in das benachbarte Dorf geleitet wird. Wir mußten nunmehr wieder einen Hügel hinauf und sahen dann bald das offene Wallis und die garstige Stadt Leuk unter uns liegen. Es sind diese Städtchen meist an die Berge angeflickt, die Dächer mit groben gerissnen Schindeln unzierlich gedeckt, die durch die Jahrszeit ganz schwarzgefault und vermoost sind. Wie man auch nur hineintritt, so ekelt's einem, denn es ist überall unsauber; Mangel und ängstlicher Erwerb dieser privilegierten und freien Bewohner kommt überall zum Vorschein. Wir fanden den Freund, der die schlimme Nachricht brachte, daß es nunmehr mit den Pferden sehr beschwerlich weiterzugehen anfinge. Die Ställe werden kleiner und enger, weil sie nur auf Maulesel und Saumrosse eingerichtet sind; der Haber fängt auch an, sehr selten zu werden, ja man sagt, daß weiter hin ins Gebirg' gar keiner mehr anzutreffen sei. Ein Beschluß war bald gefaßt: Der Freund sollte mit den Pferden das Wallis wieder hinunter über Bex, Vevey, Lausanne, Fribourg und Bern auf Luzern gehen, der Graf und ich wollten unsern Weg das Wallis hinauf fortsetzen, versuchen, wo wir auf den Gotthard hinaufdringen könnten, alsdann durch den Kanton Uri über den Vierwaldstätter See gleichfalls in Luzern eintreffen. Man findet in dieser Gegend überall Maultiere, die auf solchen Wegen immer besser sind als Pferde, und zu Fuße zu gehen ist am Ende doch immer das Angenehmste. Wir haben unsere Sachen getrennet. Der Freund ist fort, unser Mantelsack wird auf ein

Maultier, das wir gemietet haben, gepackt, und so wollen wir aufbrechen und unsern Weg zu Fuße nach Brig nehmen. Am Himmel sieht es bunt aus, doch ich denke, das gute Glück, das uns bisher begleitet und uns so weit gelockt hat, soll uns auf dem Platze nicht verlassen, wo wir es am nötigsten brauchen.

Brig, den 10.
abends

Von unserm heutigen Weg kann ich wenig erzählen, ausgenommen, wenn Sie mit einer weitläufigen Wettergeschichte sich wollen unterhalten lassen. Wir gingen in Gesellschaft eines schwäbischen Metzgerknechtes, der sich hierher verloren, in Leuk Kondition gefunden hatte und eine Art von Hanswurst machte, unser Gepäck auf ein Maultier geladen, das sein Herr vor sich hertrieb, gegen elf von Leuk ab. Hinter uns, so weit wir ins Wallistal hineinsehen konnten, lag es mit dicken Schneewolken bedeckt, die das Land herauf gezogen kamen. Es war wirklich ein trüber Anblick, und ich befürchtete in der Stille, daß, ob es gleich so hell vor uns aufwärts war als wie im Lande Gosen, uns doch die Wolken bald einholen, und wir vielleicht im Grunde des Wallis an beiden Seiten von Bergen eingeschlossen, von Wolken zugedeckt und in einer Nacht eingeschneit sein könnten. So flüsterte die Sorge, die sich meistenteils des einen Ohrs bemeistert. Auf der andern Seite sprach der gute Mut mit weit zuverlässigerer Stimme, verwies mir meinen Unglauben, hielt mir das Vergangene vor und machte mich auch auf die gegenwärtigen Lufterscheinungen aufmerksam. Wir gingen dem schönen Wetter immer entgegen; die Rhône hinauf war alles heiter, und so stark der Abendwind das Gewölk hinter uns her trieb, so konnte es uns doch niemals erreichen. Die Ursache war diese: In das Wallistal gehen, wie ich schon so oft gesagt, sehr viele Schluchten des benachbarten Gebirges aus und ergießen sich wie kleine Bäche in den großen Strom, wie denn auch alle ihre Gewässer in der Rhône zusammenlaufen. Aus jeder solcher Öffnung streicht ein Zugwind, der sich in den innern Tälern und Krümmungen erzeugt. Wie nun der Hauptzug der Wolken das Tal herauf an so eine Schlucht kommt, so läßt die Zugluft die Wolken nicht vorbei, sondern kämpft mit ihnen und dem Winde, der sie trägt, hält sie auf und macht ihnen wohl stundenlang den Weg streitig. Diesem Kampf sahen wir oft zu, und wenn wir glaubten, von ihnen überzogen zu werden, so fanden sie wieder ein solches Hindernis, und wenn wir eine Stunde gegangen waren, konnten sie noch kaum vom Fleck. Gegen Abend ward der Himmel außerordentlich schön. Als wir uns Brig näherten, trafen die Wolken fast zu gleicher Zeit mit uns ein; doch mußten sie, weil die Sonne untergegangen war und ihnen nunmehr ein packender Morgenwind entgegenkam, stillestehen, und machten von einem Berge zum andern einen großen halben Mond über das Tal. Sie waren von der kalten Luft zur Konsistenz gebracht und hatten, da wo sich ihr Saum gegen den blauen Himmel zeichnete, schöne leichte und muntere Formen. Man sah, daß sie Schnee enthielten, doch scheint uns die frische Luft zu verheißen, daß diese Nacht nicht viel fallen soll. Wir haben ein ganz artiges Wirtshaus und, was uns zu großem Vergnügen dient, in einer geräumigen Stube ein Kamin angetroffen; wir sitzen am Feuer und machen Ratschläge wegen unserer weiteren Reise. Hier in Brig geht die gewöhnliche Straße über den Simplon nach Italien; wenn wir also unsern Gedanken, über die Furka auf den Gotthard zu gehen, aufgeben wollten, so gingen wir mit gemieteten Pferden und Maultieren auf Domodossola, Mergozzo, führen den Lago Maggiore hinaufwärts, dann auf Bellinzona und so weiter den Gotthard hinauf, über Airolo zu den Kapuzinern. Dieser Weg ist den ganzen Winter über gebahnt und mit Pferden bequem zu machen, doch scheint er unserer Vorstellung, da er in unserem Plane nicht war und uns fünf Tage später als unsern Freund nach Luzern führen würde, nicht reizend. Wir wünschen vielmehr das Wallis bis an sein oberes Ende zu sehen, dahin wir morgen abend kommen werden; und wenn das Glück gut ist, so sitzen wir übermorgen um diese Zeit in Realp in dem Urserental, welches auf dem Gotthard nahe bei dessen höchstem Gipfel ist. Sollten wir nicht über die Furka kommen, so bleibt uns immer der Weg hierher unverschlossen, und wir werden alsdann das aus Not ergreifen, was wir aus Wahl nicht gerne tun. Sie können sich vorstellen, daß ich hier schon wieder die Leute examinieret habe, ob sie glauben, daß die Passage über die Furka offen ist; denn das ist der Gedanke, mit dem ich aufstehe, schlafen gehe, mit dem ich den ganzen Tag über beschäftigt bin. Bisher war es einem Marsch zu vergleichen, den man gegen einen Feind richtet, und nun ist's, als wenn man sich dem Flecke nähert, wo er sich verschanzt hat und man sich mit ihm herumschlagen muß. Außer unserm Maultier sind zwei Pferde auf morgen früh bestellt.

Münster, den 11.
abends 6 Uhr

Wieder einen glücklichen und angenehmen Tag zurückgelegt! Heute früh, als wir von Brig bei guter Tagszeit ausritten, sagte uns der Wirt noch auf den Weg: Wenn der Berg, so nennen sie hier die Furka, gar zu grimmig wäre, so möchten wir wieder zurückkehren und einen andern Weg suchen. Mit unsern zwei Pferden und einem Maulesel kamen wir nun bald über angenehme Matten, wo das Tal so eng wird, daß es kaum einige Büchsenschüsse breit ist. Es hat daselbst eine schöne Weide, worauf große Bäume stehen, und Felsstücke, die sich von benachbarten Bergen abgelöst haben, zerstreut liegen. Das Tal wird immer enger, man wird genötiget, an den Bergen seitwärts hinaufzusteigen, und hat nunmehr die Rhône in einer schroffen Schlucht immer rechts unter sich. In der Höhe aber breitet sich das Land wieder recht schön aus, auf mannigfaltig gebogenen Hügeln sind schöne nahrhafte Matten, liegen hübsche Örter, die mit ihren dunkelbraunen hölzernen Häusern gar wunderlich unter dem Schnee hervorgucken. Wir gingen viel zu Fuß und taten's uns einander wechselseitig zu Gefallen. Denn ob man gleich auf den Pferden sicher ist, so sieht es doch immer gefährlich aus, wenn ein anderer, auf so schmalen Pfaden, von so einem schwachen Tiere getragen, an einem schroffen Abgrund, vor einem herreitet. Weil nun kein Vieh auf der Weide sein kann, indem die Menschen alle in den Häusern stekken, so sieht eine solche Gegend sehr einsam aus, und der Gedanke, daß man immer enger und enger zwischen ungeheuren Gebirgen eingeschlossen wird, gibt der Imagination graue und unangenehme Bilder, die einen, der nicht recht fest im Sattel säße, gar leicht herabwerfen könnten. Der Mensch ist niemals ganz Herr von sich selbst. Da er die Zukunft nicht weiß, da ihm sogar der nächste Augenblick verborgen ist; so hat er oft, wenn er etwas Ungemeines vornimmt, mit unwillkürlichen Empfindungen, Ahnungen, traumartigen Vorstellungen zu kämpfen, über die man kurz hinterdrein wohl lachen kann, die aber oft in dem Augenblicke der Entscheidung höchst beschwerlich sind. In unserm Mittagsquartier begegnete uns was Angenehmes. Wir traten bei einer Frau ein, in deren Hause es ganz rechtlich aussah. Ihre Stube war nach hiesiger Landesart ausgetäfelt, die Betten mit Schnitzwerk gezieret, die Schränke, Tische und was sonst von kleinen Repositorien an den Wänden und in den Ekken befestigt war, hatte artige Zieraten von Drechsler- und Schnitzwerk. An den Porträts, die in der Stube hingen, konnte man bald sehen, daß mehrere aus dieser Familie sich dem geistlichen Stand gewidmet hatten. Wir bemerkten auch eine Sammlung wohl eingebundener Bücher über der Tür, die wir für eine Stiftung eines dieser Herrn hielten. Wir nahmen die Legenden der Heiligen herunter und lasen drin, während das Essen für uns zubereitet wurde. Die Wirtin fragte uns einmal, als sie in die Stube trat, ob wir auch die Geschichte des heiligen Alexis gelesen hätten? Wir sagten nein, nahmen aber weiter keine Notiz davon und jeder las in seinem Kapitel fort. Als wir uns zu Tische gesetzt hatten, stellte sie sich zu uns und fing wieder von dem heiligen Alexis an zu reden. Wir fragten, ob es ihr Patron oder der Patron ihres Hauses sei, welches sie verneinte, dabei aber versicherte, daß dieser heilige Mann so viel aus Liebe zu Gott ausgestanden habe, daß ihr seine Geschichte erbärmlicher vorkomme als viele der übrigen. Da sie sah, daß wir gar nicht unterrichtet waren, fing sie an, uns zu erzählen: Es sei der heilige Alexis der Sohn vornehmer, reicher und gottesfürchtiger Eltern in Rom gewesen, sei ihnen, die den Armen außerordentlich viel Gutes getan, in Ausübung guter Werke mit Vergnügen gefolgt; doch habe ihm dieses noch nicht genug getan, sondern er habe sich in der Stille Gott ganz und gar geweiht, und Christo eine ewige Keuschheit angelobet. Als ihn in der Folge seine Eltern an eine schöne und treffliche Jungfrau verheiraten wollen, habe er zwar sich ihrem Willen nicht widersetzt, die Trauung sei vollzogen worden; er habe sich aber, anstatt sich zu der Braut in die Kammer zu begeben, auf ein Schiff, das er bereit gefunden, gesetzt, und sei damit nach

Asien übergefahren. Er habe daselbst die Gestalt eines schlechten Bettlers angezogen und sei dergestalt unkenntlich geworden, daß ihn auch die Knechte seines Vaters, die man ihm nachgeschickt, nicht erkannt hätten. Er habe sich daselbst an der Türe der Hauptkirche gewöhnlich aufgehalten, dem Gottesdienst beigewohnt und sich von geringem Almosen der Gläubigen genährt. Nach drei oder vier Jahren seien verschiedene Wunder geschehen, die ein besonderes Wohlgefallen Gottes angezeigt. Der Bischof habe in der Kirche eine Stimme gehört, daß er den frömmsten Mann, dessen Gebet vor Gott am angenehmsten sei, in die Kirche rufen und an seiner Seite den Dienst verrichten sollte. Da dieser hierauf nicht gewußt, wer gemeint sei, habe ihm die Stimme den Bettler angezeigt, den er denn auch zu großem Erstaunen des Volks hereingeholt. Der heilige Alexis, betroffen, daß die Aufmerksamkeit der Leute auf ihn rege geworden, habe sich in der Stille davon und auf ein Schiff gemacht, willens, weiter sich in die Fremde zu begeben. Durch Sturm aber und andere Umstände sei er genötiget worden, in Italien zu landen. Der heilige Mann habe hierin einen Wink Gottes gesehen und sich gefreut, eine Gelegenheit zu finden, wo er die Selbstverleugnung im höchsten Grade zeigen konnte. Er sei daher geradezu auf seine Vaterstadt losgegangen, habe sich als ein armer Bettler vor seiner Eltern Haustür gestellt, diese, ihn auch dafür haltend, haben ihn nach ihrer frommen Wohltätigkeit gut aufgenommen und einem Bedienten aufgetragen, ihn mit Quartier im

Schloß und den nötigen Speisen zu versehen. Dieser Bediente, verdrießlich über die Mühe und unwillig über seiner Herrschaft Wohltätigkeit, habe diesen anscheinenden Bettler in ein schlechtes Loch unter der Treppe gewiesen, und ihm daselbst geringes und sparsames Essen gleich einem Hunde vorgeworfen. Der heilige Mann, anstatt sich dadurch irre machen zu lassen, habe darüber erst Gott recht in seinem Herzen gelobt, und nicht allein dieses, was er so leicht ändern können, mit gelassenem Gemüte getragen, sondern auch die andauernde Betrübnis der Eltern und seiner Gemahlin über die Abwesenheit ihres so geliebten Alexis mit unglaublicher und übermenschlicher Standhaftigkeit ausgehalten. Denn seine vielgeliebten Eltern und seine schöne Gemahlin hat er des Tags wohl hundertmal seinen Namen ausrufen hören, sich nach ihm sehnen und über seine Abwesenheit ein kummervolles Leben verzehren sehen. An dieser Stelle konnte sich die Frau der Tränen nicht mehr enthalten und ihre beiden Mädchen, die sich während der Erzählung an ihren Rock gehängt, sahen unverwandt an der Mutter hinauf. Ich weiß mir keinen erbärmlichern Zustand vorzustellen, sagte sie, und keine größere Marter, als was dieser heilige Mann bei den Seinigen und aus freiem Willen ausgestanden hat. Aber Gott hat ihm seine Beständigkeit aufs herrlichste vergolten, und bei seinem Tode die größten Zeichen der Gnade vor den Augen der Gläubigen gegeben. Denn als dieser heilige Mann, nachdem er einige Jahre in diesem Zustande gelebt, täglich mit größter

Inbrunst dem Gottesdienste beigewohnet, so ist er endlich krank geworden, ohne daß jemand sonderlich auf ihn acht gegeben. Als darnach an einem Morgen der Papst, in Gegenwart des Kaisers und des ganzen Adels, selbst hohes Amt gehalten, haben auf einmal die Glocken der ganzen Stadt Rom wie zu einem vornehmen Totengeläute zu läuten angefangen; wie nun jedermänniglich darüber erstaunt, so ist dem Papste eine Offenbarung geschehen, daß dieses Wunder den Tod des heiligsten Mannes in der ganzen Stadt anzeige, der in dem Hause des Patricii*** soeben verschieden sei. Der Vater des Alexis fiel auf Befragen selbst auf den Bettler. Er ging nach Hause und fand ihn unter der Treppe wirklich tot. In den zusammengefalteten Händen hatte der heilige Mann ein Papier stecken, welches ihm der Alte, wiewohl vergebens, herauszuziehen suchte. Er brachte diese Nachricht dem Kaiser und Papst in die Kirche zurück, die alsdann mit dem Hofe und der Klerisei sich aufmachten, um selbst den heiligen Leichnam zu besuchen. Als sie angelangt, nahm der Heilige Vater ohne Mühe das Papier dem Leichnam aus den Händen, überreichte es dem Kaiser, der es sogleich von seinem Kanzler vorlesen ließ. Es enthielt dieses Papier die bisherige Geschichte dieses Heiligen. Da hätte man nun erst den übergroßen Jammer der Eltern und der Gemahlin sehen sollen, die ihren teuren Sohn und Gatten so nahe bei sich gehabt und ihm nichts zugute tun können, und nunmehro erst erfuhren, wie übel er behandelt worden. Sie fielen über den Körper her, klagten so wehmütig, daß niemand von allen Umstehenden sich des Weinens enthalten konnte. Auch waren unter der Menge Volks, die sich nach und nach zudrängte, viele Kranke, die zu dem heiligen Körper gelassen und durch dessen Berührung gesund wurden. Die Erzählerin versicherte nochmals, indem sie ihre Augen trocknete, daß sie keine erbärmlichere Geschichte niemals gehört habe; und mir kam selbst ein so großes Verlangen zu weinen an, daß ich große Mühe hatte, es zu verbergen und zu unterdrücken. Nach dem Essen suchte ich im Pater Cochem die Legende selbst auf, und fand, daß die gute Frau den ganzen reinen menschlichen Faden der Geschichte behalten und alle abgeschmackten Anwendungen dieses Schriftstellers rein vergessen hatte.

Wir gehen fleißig ins Fenster und sehen uns nach der Witterung um, denn wir sind jetzt sehr im Fall, Winde und Wolken anzubeten. Die frühe Nacht und die allgemeine Stille ist das Element, worin das Schreiben recht gut gedeiht, und ich bin überzeugt, wenn ich mich nur einige Monate an so einem Orte innehalten könnte und müßte, so würden alle meine angefangenen Dramen eins nach dem andern aus Not fertig. Wir haben schon verschiedene Leute vorgehabt und sie nach dem Übergange über die Furka gefragt, aber auch hier können wir nichts Bestimmtes erfahren, ob der Berg gleich nur zwei Stunden entfernt ist. Wir müssen uns also darüber beruhigen, und morgen mit Anbruch des Tages selbst rekognoszieren und sehen, wie sich unser

Schicksal entscheidet. So gefaßt ich auch sonst bin, so muß ich gestehen, daß mir's höchst verdrießlich wäre, wenn wir zurückgeschlagen würden. Glückt es, so sind wir morgen abend in Realp auf dem Gotthard und übermorgen zu Mittage auf dem Gipfel des Bergs bei den Kapuzinern; mißlingt's, so haben wir nur zwei Wege zur Retirade offen, wovon keiner sonderlich besser ist als der andere. Durchs ganze Wallis zurück und den bekannten Weg über Bern auf Luzern; oder auf Brig zurück und erst durch einen großen Umweg auf den Gotthard! Ich glaube, ich habe Ihnen das in diesen wenigen Blättern schon dreimal gesagt. Freilich ist es für uns von der größten Wichtigkeit. Der Ausgang wird entscheiden, ob unser Mut und Zutrauen, daß es gehen müsse, oder die Klugheit einiger Personen, die uns diesen Weg mit Gewalt widerraten wollen, recht behalten wird. So viel ist gewiß, daß beide, Klugheit und Mut, das Glück über sich erkennen müssen. Nachdem wir vorher nochmals das Wetter examiniert, die Luft kalt, den Himmel heiter und ohne Disposition zu Schnee gesehen haben, legen wir uns ruhig zu Bette.

Münster, den 12. November
früh 6 Uhr

Wir sind schon fertig und alles ist eingepackt, um mit Tagesanbruch von hier wegzugehen. Wir haben zwei Stunden bis Oberwald, und von da rechnet man gewöhnlich sechs Stunden auf Realp. Unser Maultier geht mit dem Gepäck nach, so weit wir es bringen können.

›Scheideblick nach Italien‹

Realp, den 12. November
abends

Mit einbrechender Nacht sind wir hier angekommen. Es ist überstanden und der Knoten, der uns den Weg verstrickte, entzweigeschnitten. Eh' ich Ihnen sage, wo wir eingekehrt sind, eh' ich Ihnen das Wesen unserer Gastfreunde beschreibe, lassen Sie mich mit Vergnügen den Weg in Gedanken zurück machen, den wir mit Sorgen vor uns liegen sahen und den wir glücklich, doch nicht ohne Beschwerde, zurückgelegt haben. Um sieben gingen wir von Münster weg und sahen das beschneite Amphitheater der hohen Gebirge vor uns zugeschlossen, hielten den Berg, der hinten quer vorsteht, für die Furka; allein wir irrten uns, wie wir nachmals erfuhren; sie war durch Berge, die uns links lagen, und durch hohe Wolken bedeckt. Der Morgenwind blies stark und schlug sich mit einigen Schneewolken herum, und jagte abwechselnd leichte Gestöber an den Bergen und durch das Tal. Desto stärker trieben aber die Windweben an dem Boden hin und machten uns etlichemal den Weg verfehlen, ob wir gleich, auf beiden Seiten von Bergen eingeschlossen, Oberwald am Ende doch finden mußten. Nach neune trafen wir daselbst an und sprachen in einem Wirtshaus ein, wo sich die Leute nicht wenig wunderten, solche Gestalten in dieser Jahrszeit erscheinen zu sehen. Wir fragten, ob der Weg über die Furka noch gangbar wäre? Sie antworteten, daß ihre Leute den größten Teil des Winters drübergingen; ob wir aber hinüberkommen würden, das wüßten sie nicht. Wir schickten sogleich nach solchen Führern; es kam ein untersetzter starker Mann, dessen Gestalt ein gutes Zutrauen gab, dem wir unsern Antrag taten: Wenn er den Weg für uns noch praktikabel hielte, so sollt' er's sagen, noch einen oder mehr Kameraden zu sich nehmen und mit uns kommen. Nach einigem Bedenken sagte er's zu, ging weg, um sich fertig zu machen und den andern mitzubringen. Wir zahlten indessen unserm Mauleseltreiber seinen Lohn, den wir mit seinem Tiere nunmehr nicht weiter brauchen konnten, aßen ein weniges Käs' und Brot, tranken ein Glas roten Wein und waren sehr lustig und wohlgemut, als unser Führer wiederkam und noch einen größer und stärker aussehenden Mann, der die Stärke und Tapferkeit eines Rosses zu haben schien, hinter sich hatte. Einer hockte den Mantelsack auf den Rücken, und nun ging der Zug zu fünfen zum Dorfe hinaus, da wir denn in kurzer Zeit den Fuß des Berges, der uns links lag, erreichten und allmählich in die Höhe zu steigen anfingen. Zuerst hatten wir noch einen betretenen Fußpfad, der von einer benachbarten Alpe herunterging, bald aber verlor sich dieser und wir mußten im Schnee den Berg hinaufsteigen. Unsere Führer wanden sich durch die Felsen, um die sich der bekannte Fußpfad schlingt, sehr geschickt herum, obgleich alles überein zugeschneit war. Noch ging der Weg durch einen Fichtenwald, wir hatten die Rhône in einem engen unfruchtbaren Tal unter uns. Nach einer kleinen Weile mußten wir selbst hinab in dieses Tal, kamen über einen kleinen Steg und sahen nunmehr den Rhônegletscher vor uns. Es ist der ungeheuerste, den wir so ganz übersehen haben. Er nimmt den Sattel eines Berges in sehr großer Breite ein, steigt ununterbrochen herunter bis da, wo unten im Tal die Rhône aus ihm herausfließt. An diesem Ausflusse hat er, wie die Leute erzählen, verschiedene Jahre her abgenommen; das will aber gegen die übrige ungeheure Masse gar nichts sagen. Obgleich alles voll Schnee lag, so waren doch die schroffen Eisklippen, wo der Wind so leicht keinen Schnee haften läßt, mit ihren vitriolblauen Spalten sichtbar, und man konnte deutlich sehen, wo der Gletscher aufhört und der beschneite Felsen anhebt. Wir gingen ganz nahe daran hin, er lag uns linker Hand. Bald kamen wir wieder auf einen leichten Steg über ein kleines Bergwasser, das in einem muldenförmigen unfruchtbaren Tal nach der Rhône zu floß. Vom Gletscher aber rechts und links und vorwärts sieht man nun keinen Baum mehr, alles ist öde und wüste. Keine schroffen und überstehenden Felsen, nur lang gedehnte Täler, sacht geschwungene Berge, die nun gar im alles vergleichenden Schnee die einfachen ununterbrochenen Flächen uns entgegenwiesen. Wir stiegen nunmehr links den Berg hinan und sanken in tiefen Schnee. Einer von unsern Führern mußte voran und brach, indem er herzhaft durchschritt, die Bahn, in der wir folgten. Es war ein seltsamer Anblick, wenn man einen Moment seine Aufmerksamkeit von dem Wege ab und auf sich selbst und die Gesellschaft wendete: In der ödesten Gegend der Welt, und in einer ungeheuren einförmigen schneebedeckten Gebirgswüste, wo man rückwärts und vorwärts auf drei Stunden keine lebendige Seele weiß, wo man auf beiden Seiten die weiten Tiefen verschlungener Gebirge hat, eine Reihe Menschen zu sehen, deren einer in des andern tiefe Fußtapfen tritt, und wo in der ganzen glatt überzogenen Weite nichts in die Augen fällt, als die Furche, die man gezogen hat. Die Tiefen, aus denen man herkommt, liegen grau und endlos in Nebel hinter einem. Die Wolken wechseln über die blasse Sonne, breitflockiger Schnee stiebt in der Tiefe und zieht über alles einen ewig beweglichen Flor. Ich bin überzeugt, daß einer, über den auf diesem Weg seine Einbildungskraft nur einigermaßen Herr würde, hier ohne anscheinende Gefahr vor Angst und Furcht vergehen müßte. Eigentlich ist auch hier keine Gefahr des Sturzes, sondern nur die Lawinen, wenn der Schnee stärker wird, als er jetzt ist, und durch seine Last zu rollen anfängt, sind gefährlich. Doch erzählten uns unsere Führer, daß sie den ganzen Winter durch drübergingen, um Ziegenfelle aus dem Wallis auf den Gotthard zu tragen, womit ein starker Handel getrieben wird. Sie gehen alsdann, um die Lawinen zu vermeiden, nicht da, wo wir gingen, den Berg allmählich hinauf, sondern bleiben eine Weile unten im breitern Tal, und steigen alsdann den steilen Berg gerade hinauf. Der Weg ist da sicherer, aber auch viel unbequemer. Nach viertehalb Stunden Marsch kamen wir auf dem Sattel der Furka an, beim Kreuz, wo sich Wallis und Uri scheiden. Auch hier ward uns der doppelte Gipfel der

Furka, woher sie ihren Namen hat, nicht sichtbar. Wir hofften nunmehr einen bequemeren Hinabstieg, allein unsere Führer verkündigten uns einen noch tiefern Schnee, den wir auch bald fanden. Unser Zug ging wie vorher hintereinander fort, und der vorderste, der die Bahn brach, saß oft bis über den Gürtel darin. Die Geschicklichkeit der Leute, und die Leichtigkeit, womit sie die Sache traktierten, erhielt auch unsern guten Mut; und ich muß sagen, daß ich für meine Person so glücklich gewesen bin, den Weg ohne große Mühseligkeit zu überstehen, ob ich gleich damit nicht sagen will, daß es ein Spaziergang sei. Der Jäger Hermann versicherte, daß er auf dem Thüringerwalde auch schon so tiefen Schnee gehabt habe, doch ließ er sich am Ende verlauten, die Furka sei ein S***r. Es kam ein Lämmergeier mit unglaublicher Schnelle über uns hergeflogen; er war das einzige Lebende, was wir in diesen Wüsten antrafen, und in der Ferne sahen wir die Berge des Urserentals im Sonnenschein. Unsere Führer wollten in einer verlassenen, steinernen und zugeschneiten Hirtenhütte einkehren und etwas essen, allein wir trieben sie fort, um in der Kälte nicht stillezustehen. Hier schlingen sich wieder andere Täler ein, und endlich hatten wir den offenen Anblick ins Urserental. Wir gingen schärfer und nach viertehalb Stunden Wegs vom Kreuz an sahen wir die zerstreuten Dächer von Realp. Wir hatten unsere Führer schon verschiedentlich gefragt, was für ein Wirtshaus und besonders, was für Wein wir in Realp zu erwarten hätten. Die Hoffnung, die sie uns gaben, war nicht sonderlich, doch versicherten sie, daß die Kapuziner daselbst, die zwar nicht, wie die auf dem Gotthard, ein Hospitium hätten, dennoch manchmal Fremde aufzunehmen pflegten. Bei diesen würden wir einen guten roten Wein und besseres Essen als im Wirtshaus finden. Wir schickten einen deswegen voraus, daß er die Patres disponieren und uns Quartier machen sollte. Wir säumten nicht, ihm nachzugehen und kamen bald nach ihm an, da uns denn ein großer ansehnlicher Pater an der Tür empfing. Er hieß uns mit großer Freundlichkeit eintreten und bat noch auf der Schwelle, daß wir mit ihnen vorlieb nehmen möchten, da sie eigentlich, besonders in jetziger Jahrszeit, nicht eingerichtet wären, solche Gäste zu empfangen. Er führte uns sogleich in eine warme Stube und war sehr geschäftig, uns, indem wir unsere Stiefeln auszogen und Wäsche wechselten, zu bedienen. Er bat uns einmal über das andre, wir möchten ja völlig tun, als ob wir zu Hause wären. Wegen des Essens müßten wir, sagte er, in Geduld stehen, indem sie in ihrer langen Fasten begriffen wären, die bis Weihnachten dauert. Wir versicherten ihm, daß eine warme Stube, ein Stück Brot und ein Glas Wein, unter gegenwärtigen Umständen, alle unsere Wünsche erfülle. Er reichte uns das Verlangte, und wir hatten uns kaum ein wenig erholt, als er uns ihre Umstände und ihr Verhältnis hier auf diesem öden Flecke zu erzählen anfing. Wir haben, sagte er, kein Hospitium, wie die Patres auf dem Gotthard; wir sind hier Pfarrherrn und unser drei: Ich habe das Predigtamt auf mir, der zweite Pater die Schullehre und der Bruder die Haushaltung. Er fuhr fort zu erzählen, wie beschwerlich ihre Geschäfte seien, am Ende eines einsamen, von aller Welt abgesonderten Tales zu liegen, und für sehr geringe Einkünfte viele Arbeit zu tun. Es sei sonst diese, wie die übrigen dergleichen Stellen, von einem Weltgeistlichen versehen worden, der aber, als einstens eine Schneelawine einen Teil des Dorfes bedeckt, sich mit der Monstranz geflüchtet; da man ihn denn abgesetzt und sie, denen man mehr Resignation zutraue, an dessen Stelle eingeführt habe. Ich habe mich, um dieses zu schreiben, in eine obere Stube begeben, die durch ein Loch von unten aufgeheizt wird. Es kommt die Nachricht, daß das Essen fertig ist, die, ob wir gleich schon einiges vorgearbeitet haben, sehr willkommen klingt.

nach neun

Die Patres, Herren, Knechte und Träger haben alle zusammen an einem Tische gegessen; nur der Frater, der die Küche besorgte, war erst ganz gegen Ende der Tafel sichtbar. Er hatte aus Eiern, Milch und Mehl gar mannigfaltige Speisen zusammengebracht, die wir uns eine nach der andern sehr wohl schmecken ließen. Die Träger, die eine große Freude hatten, von unserer glücklich vollbrachten Expedition zu reden, lobten unsre seltene Geschicklichkeit im Gehen, und versicherten, daß sie es nicht mit einem jeden unternehmen würden. Sie gestanden uns nun, daß heute früh, als sie aufgefordert wurden, erst einer gegangen sei, uns zu rekognoszieren, um zu sehen, ob wir wohl die Miene hätten, mit ihnen fortzukommen; denn sie hüteten sich sehr, alte oder schwache Leute in dieser Jahrszeit zu begleiten, weil es ihre Pflicht sei, denjenigen, dem sie einmal zugesagt, ihn hinüberzubringen, im Fall er matt oder krank würde zu tragen und selbst wenn er stürbe, nicht liegen zu lassen, außer wenn sie in augenscheinliche Gefahr ihres eigenen Lebens kämen. Es war nunmehr durch dieses Geständnis die Schleuse der Erzählung aufgezogen, und nun brachte einer nach dem andern Geschichten von beschwerlichen oder verunglückten Bergwanderungen hervor, worin die Leute hier gleichsam wie in einem Elemente leben, so daß sie mit der größten Gelassenheit Unglücksfälle erzählen, denen sie täglich selbst unterworfen sind. Der eine brachte eine Geschichte vor, wie er auf dem Kandersteg, um über den Gemmi zu gehen, mit noch einem Kameraden, der denn auch immer mit Vor- und Zunamen genennt wird, in tiefem Schnee, eine arme Familie angetroffen, die Mutter sterbend, den Knaben halb tot, und den Vater in einer Gleichgültigkeit, die dem Wahnsinne ähnlich gewesen. Er habe die Frau aufgehockt, sein Kamerade den Sohn, und so haben sie den Vater, der nicht vom Flecke gewollt, vor sich hergetrieben. Beim Absteigen vom Gemmi sei die Frau ihm auf dem Rücken gestorben, und er habe sie noch tot bis hinunter ins Leukerbad gebracht. Auf Befragen, was es für Leute gewesen seien, und wie sie in dieser Jahrszeit auf die Gebirge gekommen, sagte er: Es seien arme Leute aus dem Kanton Bern gewesen, die, von Mangel getrieben, sich in unschicklicher Jahrszeit auf den Weg gemacht, um Verwandte im Wallis oder den italienischen Provinzen aufzusuchen, und seien von der Witterung übereilt worden. Sie erzählten ferner Geschichten, die ihnen begegnen, wenn sie winters Ziegenfelle über die Furka tragen, wo sie aber immer gesellschaftsweise zusammen gingen. Der Pater machte dazwischen viele Entschuldigungen wegen seines Essens, und wir verdoppelten unsere Versicherungen, daß wir nicht mehr wünschten, und erfuhren, da er das Gespräch auf sich und seinen Zustand lenkte, daß er noch nicht sehr lange an diesem Platze sei. Er fing an, vom Predigtamte zu sprechen und von dem Geschick, das ein Prediger haben müsse; er verglich ihn mit einem Kaufmann, der seine Ware wohl herauszustreichen und durch einen gefälligen Vortrag den Leuten angenehm zu machen habe. Er setzte nach Tisch die Unterredung fort, und indem er aufgestanden die linke Hand auf den Tisch stemmte, mit der rechten seine Worte begleitete, und von der Rede selbst rednerisch redete, so schien er in dem Augenblick uns überzeugen zu wollen, daß er selbst der geschickte Kaufmann sei. Wir gaben ihm Beifall, und er kam von dem Vortrage auf die Sache selbst. Er lobte die katholische Religion. Eine Regel des Glaubens müssen wir haben, sagte er: Und daß diese so fest und unveränderlich als möglich sei, ist ihr größter Vorzug. Die Schrift haben wir zum Fundamente unsers Glaubens, allein dies ist nicht hinreichend. Dem gemeinen Manne dürfen wir sie nicht in die Hände geben; denn so heilig sie ist und von dem Geiste Gottes auf allen Blättern zeugt, so kann doch der irdisch gesinnte Mensch dieses nicht begreifen, sondern findet überall leicht Verwirrung und Anstoß. Was soll ein Laie Gutes aus den schändlichen Geschichten, die darin vorkommen, und die doch zu Stärkung des Glaubens für geprüfte und erfahrne Kinder Gottes von dem Heiligen Geiste aufgezeichnet worden, was soll ein gemeiner Mann daraus Gutes ziehen, der die Sachen nicht in ihrem Zusammenhange betrachtet? Wie soll er sich aus den hier und da anscheinenden Widersprüchen, aus der Unordnung der Bücher, aus der mannigfaltigen Schreibart herauswickeln, da es den Gelehrten selbst so schwer wird, und die Gläubigen über so viele Stellen ihre Vernunft gefangennehmen müssen? Was sollen wir also lehren? Eine auf die Schrift gegründete, mit der besten Schriftauslegung bewiesene Regel! Und wer soll die Schrift auslegen? Wer soll diese Regel festsetzen? Etwa ich oder ein anderer einzelner Mensch? Mitnichten! Jeder hängt die Sache auf eine andere Art zusammen, stellt sie sich nach seinem Konzepte vor. Das würde ebenso viele Lehren als Köpfe geben, und unsägliche Verwirrungen hervorbringen, wie es auch schon getan hat. Nein, es bleibt der allerheiligsten Kirche allein, die Schrift auszulegen und die Regel zu bestimmen, wonach wir unsere Seelenführung einzurichten haben. Und wer ist diese Kirche? Es ist nicht etwa ein oder das andere Oberhaupt, ein oder das andere Glied derselben, nein! Es sind die heiligsten, gelehrtesten, erfahrensten Männer aller Zeiten, die sich zusammen vereiniget haben, nach und nach, unter dem Beistand des Heiligen Geistes, dieses übereinstimmende große und allgemeine Gebäude aufzuführen; die auf den großen Versammlungen ihre Gedanken einander mitgeteilet, sich wechselseitig erbaut, die Irrtümer verbannt und eine Sicherheit, eine Gewißheit unserer allerheiligsten Religion gegeben, deren sich keine andre rühmen kann; ihr einen Grund gegraben und eine Brustwehr aufgeführet, die die Hölle selbst nicht überwältigen kann. Ebenso ist es auch mit dem Texte der Heiligen Schrift. Wir haben die Vulgata, wir haben eine approbierte Übersetzung der Vulgata, und zu jedem Spruche eine Auslegung, welche von der Kirche gebilliget ist. Daher kommt die Übereinstimmung, die einen jeden erstaunen muß. Ob Sie mich hier reden hören an diesem entfernten Winkel der Welt, oder in der größten Hauptstadt in einem entferntesten Lande, den ungeschicktesten oder den fähigsten; alle werden eine Sprache führen, ein katholischer Christ wird immer dasselbige hören, überall auf dieselbige Weise unterrichtet und erbauet werden: Und das ist's, was die Gewißheit unsers Glaubens macht, was uns die süße Zufriedenheit und Versicherung gibt, in der wir einer mit dem andern fest verbunden leben, und in der Gewißheit, uns glücklicher wiederzufinden, voneinander scheiden können. Er hatte diese Rede, wie im Diskurs, eins auf das andre, folgen lassen, mehr in dem innern behaglichen Gefühl, daß er sich uns von einer vorteilhaften Seite zeige, als mit dem Ton einer bigotten Belehrungssucht. Er wechselte teils mit den Händen dabei ab, schob sie einmal in die Kuttenärmel zusammen, ließ sie über dem Bauch ruhen, bald holte er mit gutem Anstand seine Dose aus der Kapuze und warf sie nach dem Gebrauch wieder hinein. Wir hörten ihm aufmerksam zu, und er schien mit unserer Art, seine Sachen aufzunehmen, sehr vergnügt zu sein. Wie sehr würde er sich gewundert haben, wenn ihm ein Geist im Augenblicke offenbaret hätte, daß er seine Peroration auf einen Nachkommen Friedrichs des Weisen richte.

Den 13. November, oben auf dem Gipfel des Gotthards bei den Kapuzinern morgens um zehn

Endlich sind wir auf dem Gipfel unserer Reise glücklich angelangt! Hier, ist's beschlossen, wollen wir stillestehen und uns wieder nach dem Vaterlande zuwenden. Ich komme mir sehr wunderbar hier oben vor; wo ich mich vor vier Jahren mit ganz andern Sorgen, Gesinnungen, Planen und Hoffnungen, in einer andern Jahrszeit, einige Tage aufhielt, und mein künftiges Schicksal unvorahnend, durch ein ich weiß nicht was bewegt, Italien den Rücken zukehrte und meiner jetzigen Bestimmung unwissend entgegenging. Ich erkannte das Haus nicht wieder. Vor einiger Zeit ist es durch eine Schneelawine stark beschädigt worden; die Patres haben diese Gelegenheit ergriffen und eine Beisteuer im Lande eingesammelt, um ihre Wohnung zu erweitern und bequemer zu machen. Beide Patres, die hier oben wohnen, sind nicht zu Hause, doch, wie ich höre, noch eben dieselben, die ich vor vier Jahren antraf. Pater Seraphim, der schon dreizehn Jahre auf diesem Posten aushält, ist gegenwärtig in Mailand, den andern erwarten sie noch heute von Airolo herauf. In dieser reinen Luft ist eine ganz grimmige Kälte. Sobald wir gegessen haben, will ich weiter fortfahren, denn vor die Türe, merk' ich schon, werden wir nicht viel kommen.

nach Tische

Es wird immer kälter, man mag gar nicht von dem Ofen weg. Ja, es ist die größte Lust, sich oben drauf zu setzen, welches in diesen Gegenden, wo die Öfen von steinernen Platten zusammengesetzt sind, gar wohl angeht. Zuvörderst also wollen wir an den Abschied von Realp und unsern Weg hieher.

Noch gestern abend, ehe wir zu Bette gingen, führte uns der Pater in sein Schlafzimmer, wo alles auf einen sehr kleinen Platz zusammengestellt war. Sein Bett, das aus einem Strohsack und einer wollenen Decke bestand, schien uns, die wir uns an ein gleiches Lager gewöhnt, nichts Verdienstliches zu haben. Er zeigte uns alles mit großem Vergnügen und innerer Zufriedenheit, seinen Bücherschrank und andere Dinge. Wir lobten ihm alles und schieden sehr zufrieden voneinander, um zu Bette zu gehen. Bei der Einrichtung des Zimmers hatte man, um zwei Betten an eine Wand anzubringen, beide kleiner als gehörig gemacht. Diese Unbequemlichkeit hielt mich vom Schlaf ab, bis ich mir durch zusammengestellte Stühle zu helfen suchte. Erst heute früh bei hellem Tage erwachten wir wieder und gingen hinunter, da wir denn durchaus vergnügte und freundliche Gesichter antrafen. Unsere Führer, im Begriff den lieblichen gestrigen Weg wieder zurück zu machen, schienen es als Epoche anzusehn und als Geschichte, mit der sie sich in der Folge gegen andere Fremde was zugute tun könnten; und da sie gut bezahlt wurden, schien bei ihnen der Begriff von Abenteuer vollkommen zu werden. Wir nahmen noch ein starkes Frühstück zu uns und schieden. Unser Weg ging nunmehr durchs Urserental, das merkwürdig ist, weil es in so großer Höhe schöne Matten und Viehzucht hat. Es werden hier Käse gemacht, denen ich einen besondern Vorzug gebe. Hier wachsen keine Bäume; Büsche von Salweiden fassen den Bach ein, und an den Gebirgen flechten sich kleine Sträucher durcheinander. Mir ist's unter allen Gegenden, die ich kenne, die liebste und interessanteste; es sei nun, daß alte Erinnerungen sie wert machen, oder daß mir das Gefühl von soviel zusammengeketteten Wundern der Natur ein heimliches und unnennbares Vergnügen erregt. Ich setze zum voraus, die ganze Gegend, durch die ich Sie führe, ist mit Schnee bedeckt, Fels und Matte und Weg sind alle überein verschneit. Der Himmel war ganz klar, ohne irgendeine Wolke, das Blau viel tiefer, als man es in dem platten Lande gewohnt ist, die Rükken der Berge, die sich weiß davon abschnitten, teils hell im Sonnenlicht, teils blaulich im Schatten. In anderthalb Stunden waren wir in Hospental; ein Örtchen, das noch im Urserental am Weg auf den

Gotthard liegt. Hier betrat ich zum erstenmal wieder die Bahn meiner vorigen Reise. Wir kehrten ein, bestellten uns auf morgen ein Mittagessen und stiegen den Berg hinauf. Ein großer Zug von Mauleseln machte mit seinen Glocken die ganze Gegend lebendig. Es ist ein Ton, der alle Bergerinnerungen rege macht. Der größte Teil war schon vor uns aufgestiegen und hatte den glatten Weg mit den scharfen Eisen schon ziemlich aufgehauen. Wir fanden auch einige Wegeknechte, die bestellt sind, das Glatteis mit Erde zu überfahren, um den Weg praktikabel zu erhalten. Der Wunsch, den ich in vorigen Zeiten getan hatte, diese Gegend einmal im Schnee zu sehen, ist mir nun auch gewährt. Der Weg geht an der über Felsen sich immer hinabstürzenden Reuß hinauf, und die Wasserfälle bilden hier die schönsten Formen. Wir verweilten lange bei der Schönheit des einen, der über schwarze Felsen in ziemlicher Breite herunterkam. Hier und da hatten sich, in den Ritzen und auf den Flächen, Eismassen angesetzt, und das Wasser schien über schwarz und weiß gesprengten Marmor herzulaufen. Das Eis blinkte wie Kristalladern und Strahlen in der Sonne, und das Wasser lief rein und frisch dazwischen hinunter. Auf den Gebirgen ist keine beschwerlichere Reisegesellschaft als Maultiere. Sie halten einen ungleichen Schritt, indem sie, durch einen sonderbaren Instinkt, unten an einem steilen Orte erst stehenbleiben, dann denselben schnell hinaufschreiten und oben wieder ausruhen. Sie halten auch auf geraden Flächen, die hier und da vorkommen, manchmal inne, bis sie durch

Auf dem St. Gotthard

den Treiber oder durch die nachfolgenden Tiere vom Platze bewegt werden. Und so, indem man einen gleichen Schritt hält, drängt man sich an ihnen auf dem schmalen Wege vorbei, und gewinnt über solche ganze Reihen den Vorteil. Steht man still, um etwas zu betrachten, so kommen sie einem wieder zuvor, und man ist von dem betäubenden Laut ihrer Klingeln und von ihrer breit auf die Seite stehenden Bürde beschwert. So langten wir endlich auf dem Gipfel des Berges an, den Sie sich wie einen kahlen Scheitel, mit einer Krone umgeben, denken müssen. Man ist hier auf einer Fläche, ringsum wieder von Gipfeln umgeben, und die Aussicht wird in der Nähe und Ferne von kahlen und auch meistens mit Schnee bedeckten Rippen und Klippen eingeschränkt.

Man kann sich kaum erwärmen, besonders da sie nur mit Reisig heizen können, und auch dieses sparen müssen, weil sie es fast drei Stunden heraufzuschleppen haben, und oberwärts, wie gesagt, fast gar kein Holz wächst. Der Pater ist von Airolo heraufgekommen, so erfroren, daß er bei seiner Ankunft kein Wort hervorbringen konnte. Ob sie gleich hier oben sich bequemer als die übrigen vom Orden tragen dürfen, so ist es doch immer ein Anzug, der für dieses Klima nicht gemacht ist. Er war von Airolo herauf den sehr glatten Weg gegen den Wind gestiegen; der Bart war ihm eingefroren, und es währte eine ganze Weile, bis er sich besinnen konnte. Wir unterhielten uns von der Beschwerlichkeit dieses Aufenthalts; er erzählte, wie es ihnen das

Jahr über zu gehen pflege, ihre Bemühungen und häuslichen Umstände. Er sprach nichts als Italienisch, und wir fanden hier Gelegenheit, von den Übungen, die wir uns das Frühjahr in dieser Sprache gegeben, Gebrauch zu machen. Gegen Abend traten wir einen Augenblick vor die Haustüre heraus, um uns vom Pater denjenigen Gipfel zeigen zu lassen, den man für den höchsten des Gotthards hält; wir konnten aber kaum einige Minuten dauern, so durchdringend und angreifend kalt ist es. Wir bleiben also wohl für diesmal in dem Hause eingeschlossen, bis wir morgen fortgehen, und haben Zeit genug, das Merkwürdige dieser Gegend in Gedanken zu durchreisen.
Aus einer kleinen geographischen Beschreibung werden Sie sehen, wie merkwürdig der Punkt ist, auf dem wir uns jetzt befinden. Der Gotthard ist zwar nicht das höchste Gebirg' der Schweiz, und in Savoyen übertrifft ihn der Mont Blanc an Höhe um sehr vieles; doch behauptet er den Rang eines königlichen Gebirges über alle andere, weil die größten Gebirgsketten bei ihm zusammenlaufen und sich an ihn lehnen. Ja, wenn ich mich nicht irre, so hat mir Herr Wyttenbach zu Bern, der von dem höchsten Gipfel die Spitzen der übrigen Gebirge gesehen, erzählt, daß sich diese alle gleichsam gegen ihn zu neigen schienen. Die Gebirge von Schwyz und Unterwalden, gekettet an die von Uri, steigen von Mitternacht, von Morgen die Gebirge des Graubündner Landes, von Mittag die der italienischen Vogteien herauf, und von Abend drängt sich durch die Furka

das doppelte Gebirg', welches Wallis einschließt, an ihn heran. Nicht weit vom Hause hier sind zwei kleine Seen, davon der eine den Tessin durch Schluchten und Täler nach Italien, der andere gleicherweise die Reuß nach dem Vierwaldstätter See ausgießt. Nicht fern von hier entspringt der Rhein und läuft gegen Morgen, und wenn man alsdann die Rhône dazunimmt, die an einem Fuß der Furka entspringt, und nach Abend durch das Wallis läuft; so befindet man sich hier auf einem Kreuzpunkte, von dem aus Gebirge und Flüsse in alle vier Himmelsgegenden auslaufen.

JOHANN WOLFGANG GOETHE reiste in der Zeit von Oktober bis Dezember 1779 zum zweitenmal in die Schweiz. Seine erste Reise dorthin unternahm er, zusammen mit den beiden Grafen Stolberg, im Juni 1775; eine dritte folgte im Herbst 1797. Die zweite Schweizer Reise Goethes, in Begleitung des Oberforstmeisters Otto Joachim Moritz von Wedel sowie seines Sekretärs Philipp Seidel, galt in erster Linie der Erziehung und Bildung des zweiundzwanzigjährigen Herzogs Karl August von Sachsen-Weimar. Daneben waren es aber auch finanzpolitische Gründe, die diese Reise notwendig machten: die Bewilligung eines Darlehens der Stadtrepublik Bern über fünfzigtausend Reichstaler an das verschuldete Herzogtum.
In zahlreichen tagebuchähnlichen Briefen an Karl Ludwig von Knebel, Johann Kaspar Lavater und Johann Heinrich Merck, vor allem aber an Charlotte von Stein schilderte Goethe die einzelnen Ausflüge der kleinen Reisegruppe in die Schweizer Bergwelt. Höhepunkt der Reise war die Besteigung des Gotthard. Im Vordergrund der ausführlichen, topographisch genauen Aufzeichnungen stehen Goethes Schilderungen seines Natur-Erlebens. Die unprätentiöse Art der Naturbetrachtung lassen die innere Entwicklung Goethes vom leidenschaftlichen Stürmer und Dränger der »Werther«-Zeit zum reifen, distanzierten Beobachter deutlich erkennen.

Bald nach ihrer Rückkehr stellte Goethe eine Auswahl seiner Reisebriefe zusammen, die er bei Hofe vorlas. Von Wieland als »ein wahres Poem« gefeiert, wurden sie aber erst sehr viel später veröffentlicht. Nach mehrmaliger Redaktion erschien 1796 ein Teil dieser Reiseschilderungen unter dem Titel »Briefe auf einer Reise nach dem Gotthard« im achten Stück von Schillers Zeitschrift »Die Horen«. Herzog Karl August wurde hier als »Graf«, Moritz von Wedel als »Freund W.« bezeichnet. Die vollständige Fassung der Reisebeschreibung wurde erst 1808 unter dem Titel »Briefe aus der Schweiz. Zweite Abteilung« in den elften Band der »Werke« aufgenommen.
Den Reisebriefen stellte Goethe die »Briefe aus der Schweiz. Erste Abteilung« voran, eine als Ergänzung zum »Werther« konzipierte kurze Erzählung. Die im 19. Buch von »Dichtung und Wahrheit« als »Fragmente von Werthers Reisen« bezeichneten Episoden einer Schweiz-Reise Werthers sind wahrscheinlich jenes »leidenschaftliche Märchen«, von dem Goethe in seinem Brief an Schiller vom 12. Februar 1796 sprach und welches er ursprünglich zusammen mit seinen Schweizer Briefen in den »Horen« abdrucken lassen wollte. Die als Abschriften aus »aufgefundenen Papieren« Werthers vorgestellten »Fragmente« versuchen, die Stimmung und den Ton des »Werthers« einzufangen, doch sind sie bestimmt und beeinflußt von Goethes späteren Auffassungen und künstlerischen Bestrebungen.
Unserem Druck zugrunde gelegt wurde der Text der Ausgabe: »Goethes Werke«, herausgegeben im

Auftrage der Großherzogin Sophie von Sachsen, Weimar 1899, 1. Abteilung, Band 19. Der Text wurde behutsam modernisiert, Orthographie, Interpunktion und Schreibweise von Ortsnamen der heutigen Norm angepaßt. Gelegentlich mußten grammatikalische Endungen verändert, in wenigen Fällen auch einzelne Wörter ersetzt werden, die dem heutigen Sprachschatz nicht mehr angehören. Die den Band illustrierenden Zeichnungen Goethes stammen aus: »Corpus der Goethezeichnungen«, herausgegeben von den Nationalen Forschungs- und Gedenkstätten der klassischen deutschen Literatur in Weimar, bearbeitet von Gerhard Femmel, Leipzig 1958–1973, Bände I, II und VIb.

D. R. L.

MANESSE BIBLIOTHEK
DER WELTLITERATUR

MANESSE BIBLIOTHEK
DER WELTGESCHICHTE

MANESSE BÜCHEREI

Bitte
ausreichend
frankieren

Manesse Verlag
Badergasse 9
CH-8001 Zürich

CIP-Titelaufnahme der Deutschen Bibliothek

Goethe, Johann Wolfgang von:
Briefe aus der Schweiz / Johann Wolfgang Goethe. –
Zürich: Manesse Verlag, 1989
(Manesse Bücherei; Bd. 21)
ISBN 3-7175-8145-7
NE: Goethe, Johann Wolfgang von: [Sammlung]; GT

Buchgestaltung
Brigitte und Hans Peter Willberg, Eppstein